Grusel & Co.
DER CLUB

Andreas D. Hesse
wurde am 6. Mai 1974 in München geboren.
Nach dem Abitur probierte er eine Reihe von Berufen aus.
Doch nachdem ihm weder ein Dasein als Hausmeister, Sekretär,
Eisverkäufer, Koch, Discjockey, Programmierer oder Barmann
wirklich zusagte, wurde er ein gefragter Jugendbuchautor.

Im Arena Verlag sind folgende Titel von ihm erschienen:
Die Schattenjäger und die Augen des Dämons (Grusel & Co)
Das Grab des Ritters (Grusel & Co)
Das Spiel des Hexers (Grusel & Co)
Schatten über Fraterna
Die letzten Magier

Andreas D. Hesse

DIE SCHATTENJÄGER

und die Todesraben

Arena

In neuer Rechtschreibung

1. Auflage 2001

Umschlagillustration: Arndt Drechsler
Gesamtherstellung: Westermann Druck Zwickau GmbH
ISBN 3-401-05170-9

1

Flo pfefferte sein Schulheft in die Ecke, lehnte sich im Schreibtischstuhl zurück und rieb sich erschöpft die Augen. Seit über einer Stunde saßen sie nun schon in ihrem Zimmer und versuchten auf die Erdkundearbeit am nächsten Tag zu lernen.

Geschafft hatten sie noch nicht besonders viel. Es war ein typischer Herbsttag, mit grauem Himmel, Regenschauern und eisigem Wind. Das Wetter versetzte jeden in einen Zustand der bleiernen Müdigkeit, in dem selbst dieser leichte Lernstoff zur Qual wurde. Zudem verließ sich Matze auch noch darauf, dass Flo genug Pflichtbewusstsein für sie beide aufbrachte; das machte das Ganze nicht gerade leichter.

»Okay«, begann Flo, nachdem er sich das Heft wieder geschnappt hatte, und fuhr sich durch die strohblonden Haare. »Was fällt dir ein, wenn du gefragt wirst, welche Probleme die amerikanischen Weizenfarmer mit ihren Wasservorräten haben?«

Matze hob nicht mal den Kopf von seinem Erdkundebuch. »Die hätten lieber Whisky?«, nuschelte er.

»Bingo!«, stöhnte Flo und musste trotz seiner zum Reißen gespannten Nerven lachen. »Ach Mist, machen wir mal Pause. Ich hol uns ’ne Cola, du lüftest hier durch und in einer Viertelstunde geht’s weiter.«

»Für mich bitte auch noch was Süßes – und lass dir Zeit«, murmelte Matze.

Zwei Minuten später eilte Flo den Kiesweg zum Eingangstor entlang. Obwohl er einen Seemannspulli unter der Jacke trug, fröstelte er in dem kalten Wind, der ihm überall unter die Kleider fuhr. Er hatte den Kragen hochgeschlagen und hielt den Kopf tief gesenkt, um mit dem Kinn seinen Hals zu schützen.

Daher sah er das Mädchen erst, als er es fast umgerannt hätte.

»Sorry!«, stieß er hervor. »Ich hab dich echt nicht gesehen, tut mir Leid.«

Das Mädchen lächelte ihn ein wenig spöttisch, aber nicht unfreundlich an. »Kein Problem«, meinte es, warf dem Haus hinter Flo einen Blick zu und musterte dann einen amtlich aussehenden Zettel, den sie halb zerknüllt in der Hand hielt. »Das hier ist schon das Steinbach-Wohnheim, oder?«

»Richtig.« Neugierig betrachtete Flo die Fremde. Ihr leicht gelocktes Haar war blauschwarz gefärbt, sodass sich ihr blasses, fein geschnittenes Gesicht gut davon abhob. In ihrem rechten Nasenflügel steckte ein Ring, genau wie in ihrer rechten Augenbraue. Vom Aussehen her schätzte Flo sie auf vielleicht fünfzehn Jahre, wenn auch die tiefbraunen Augen älter wirkten. Sie trug einen schwarzen Wollmantel und schwarze Stiefel. Über ihrer Schulter hing eine prall gefüllte Reisetasche. »Kann ich dir irgendwie helfen?«

»In den nächsten Tagen bestimmt irgendwann«, versprach sie und stopfte den Brief in die Tasche. »So wie's aussieht, bleibe ich erst mal hier. Die Typen vom Jugendamt haben mir geschrieben, ich hätte hier 'nen Platz zugewiesen bekommen.«

»Ach so!«, rief Flo ehrlich überrascht. Er hatte nichts davon gewusst, dass ein neuer Bewohner im Steinbach-Haus erwartet wurde. »Na dann Hallo bei uns. Ich bin Flo.«

»Ich bin Rebecca. Auch Hallo.« Sie sah sich kurz um. »Wie ist es denn hier so? Die Heime, die ich bis jetzt so durchgemacht habe, waren alle nicht besonders.«

Flo zuckte die Schultern. »Mir geht's hier ganz gut.«

»Und wie sind die Jungs drauf?«

Im letzten Moment sah Flo ihr verstecktes Grinsen, gerade noch rechtzeitig, bevor er fragte, was sie denn damit meinte.

»Die sind hier verdammt cool«, behauptete er und grinste breit zurück. »Ein paar wenigstens.«

»Auf die bin ich ja dann mal gespannt, auf diese coolen Jungs«, sagte sie und wuchtete ihre Tasche auf die andere Schulter. »Hey, sei mir nicht böse, aber mir ist saukalt und ich muss mich mal bei dem Chef hier melden. Weißt du, wo ich den finde?«

»Paul? Sein Büro ist im ersten Stock, die Tür direkt gegenüber von der Treppe – kannst du gar nicht verpassen. Wenn er da nicht ist, musst du ganz nach oben in seine Wohnung gehen.«

»Okay, vielen Dank. Und bis später.«

»Ja, bis dann.«

Nachdenklich blickte Flo der Neuen hinterher. Sie ging weiter, ohne sich umzusehen. Erst auf der Steintreppe warf sie ihm noch einmal ein amüsiertes Lächeln über die Schulter zu. In dem Moment wurde Flo klar, dass sie seinen Blick sehr wohl gespürt hatte. Dann verschwand sie im Haus. Als die Türe hinter ihr zufiel, erinnerte sich Flo daran, dass er eigentlich zum Supermarkt wollte, und setzte seinen Weg fort. Aber auch beim Einkaufen konnte er das Gesicht der Neuen nicht vergessen und er war bereits gespannt, wann er sie das nächste Mal wiedersehen würde.

»Okay, das muss reichen«, beschloss Jule und klappte das Erdkundebuch zu. »Wenn ich mir noch mehr von dem Unsinn ins Hirn stopfe, schwimme ich am Ende höchstpersönlich nach Amerika und sage diesen blöden Weizenfarmern, was ich von ihnen halte.«

Lisa nickte. »Geht mir ähnlich. Aber wenigstens haben wir jetzt alles durch.«

»Wie wär's, wenn wir mal zu den Jungs runterschauen? Ich möchte echt wissen, wie weit die mit dem Unsinn sind.«

»Bestimmt noch mittendrin«, meinte Lisa stirnrunzelnd. »Mir tut Flo Leid. Mit Matze zusammen zu lernen ist ungefähr so motivierend, als hätte dir jemand ein Schlafmittel ins Essen gemischt.«

»Genau deswegen will ich ja hin«, erwiderte Jule fröhlich, die schon an der Türe stand. »Um dein Bruderherz aufzuheitern und Matze anzutreiben. Na komm!«

Mit einem Schulterzucken folgte Lisa ihrer Freundin. Vermutlich war es wirklich nicht die schlechteste Idee, Flo zu besuchen, und sei es nur, um ihn ein wenig zu trösten.

Sie traten auf den Gang hinaus und rannten Paul genau in die Arme. Der Heimleiter war in ein Gespräch mit einem Mädchen vertieft, das die beiden Freundinnen noch nie gesehen hatten und das den beiden auf Anhieb unsympathisch war.

Die tiefbraunen Augen der Fremden hatten etwas Herausforderndes und um ihre Mundwinkel lag ein arroganter Zug, als sie Jule und Lisa kurz musterte.

»... bestimmt wohl fühlen«, beendete der Heimleiter seinen Satz und lächelte dann die Freundinnen an. »Hallo, Mädels. Das hier ist Rebecca. Ein Neuzugang. Sie bekommt das Zimmer neben Caro und Babsi.«

»Hi«, sagten die beiden automatisch, während sie sich noch darüber klar zu werden versuchten, was sie an der Neuen so abstieß.

»Schön, euch zu treffen«, behauptete das Mädchen mit einem spöttischen Lächeln.

»Jule und Lisa sind ganz erfahrene Steinbacherinnen«, erklärte Paul. »Wenn du irgendeine Frage hast, mit der du zu keinem Erzieher gehen willst, können die beiden dir sicher helfen.«

Lisa überwand ihre spontane Abneigung und lächelte die Neue freundlich an. »Da hat der gute Paul ausnahmsweise Recht. Du kannst echt jederzeit kommen.«

Rebeccas Begeisterung hielt sich sichtlich in Grenzen. »Oh, prima«, meinte sie nur.

»Äh, ja«, sagte Paul, dem jetzt auffiel, dass etwas nicht stimmte. »Also, dann zeige ich Rebecca mal ihr Zimmer. Ihr könnt euch ja beim Abendessen unterhalten.«

»Oh, darauf freue ich mich schon«, log Jule zuckersüß und grinste die Neue böse an, worauf Paul ihr seinerseits einen strengen Blick zuwarf, bevor er mit seinem neuen Schützling weiterging.

»Was ist denn das für eine fiese Zicke?«, fauchte Jule, während sie die Treppe hinuntergingen. »Ich glaub, ich spinne!«

»Na ja, die ist halt noch neu hier«, meinte Lisa nachdenklich.

»Das ist doch kein Grund, sich hinzustellen und uns wie den letzten Dreck zu behandeln«, tobte Jule und ihre grünen Augen blitzten. »Hat man so was schon gesehen! ›Oh prima‹ – was denkt die eigentlich? Der werd ich die Hölle heiß machen!«

Lisa blieb stehen. Selbst sie war es nicht gewöhnt, dass Jule sich wegen einer Kleinigkeit so aufregte. »Jetzt komm mal wieder runter«, sagte sie stirnrunzelnd. »Diese Rebecca hat dir doch gar nichts getan. In Ordnung, sie war irgendwie arrogant, aber das ist doch noch kein Verbrechen.«

Jule schnaubte. »Von wegen. So eine blöde Tussi! – Okay, okay, du hast Recht. Aber sie regt mich trotzdem wahnsinnig auf.«

»Mir ist sie ja auch unsympathisch«, gestand Lisa und schob ihre Freundin sanft weiter. »Na komm, wir erzählen den Jungs von der Neuen und lästern gleich mal ordentlich ab.«

Sie mussten mehrfach an die Türe der Jungs klopfen, bevor Matze sie murmelnd hereinbat.

»Wow, das nenne ich lernen!«, sagte Lisa grinsend, als Matze blinzelnd von seinem Buch aufsah. »Wie geht's den Weizenfarmern?«

»Miserabel«, gab Matze zu und rieb sich das verquollene Gesicht. Seine schwarzen Haare standen in sämtliche Richtungen ab. Er hatte tatsächlich tief und fest an seinem Schreibtisch geschlafen. »Die haben echt Probleme da drüben.«

Jule sah sich um. »Wo ist denn Flo?«, fragte sie, immer noch ganz missgelaunt. »Drückt der sich etwa auch?«

»Der ist kurz Cola holen gegangen.«

»Es gibt eine Neue im Haus«, erzählte Lisa und ließ sich auf das Bett ihres Bruders plumpsen. »Wir sind Paul und ihr gerade in die Arme gelaufen.«

»Ach, ihr auch?«, fragte Flo, der in dem Augenblick ins Zimmer kam, eine volle Einkaufstüte in der Hand. »Ich bin ihr vorhin auf dem Weg zum Plus begegnet. Nettes Mädchen.«

»Was?«, fuhr Jule hoch. »Spinnst du? Die ist echt die Krätze!«

Flo stellte seine Tüte ab. »Was ist denn passiert?«, fragte er und packte Cola und verschiedene Süßigkeiten aus. »Habt ihr euch gleich gezofft oder was?«

»Was heißt da gezofft!«, schnaubte Jule. »Paul hat uns vorgestellt und sie hat uns behandelt wie die letzten Vollnasen!«

»Kein Wunder, dass Flo sie nett findet«, bemerkte Matze grinsend und wich im nächsten Moment dem Kissen aus, das Jule in seine Richtung schleuderte.

Flo warf seiner Schwester einen fragenden Blick zu. Die beiden Zwillinge konnten sich meistens auf das Urteil des anderen verlassen.

»Die hat uns echt ziemlich schwach angelabert«, beantwortete Lisa seine unausgesprochene Frage. »Nichts Schlimmes eigentlich, aber komischer Tonfall.«

»Ist halt noch neu hier«, meinte Flo achselzuckend und reichte Schokolade herum. »Da sind die Leute immer erst mal unsicher und so.«

»Herrgott, ihr seid echt Zwillinge!«, fauchte Jule und bediente sich. »Aber ihr werdet es auch noch merken: Die

Tussi hat einen dicken Sprung in der Schüssel, das gebe ich euch schriftlich.«

»Ihr habt euch doch nicht mal richtig unterhalten, oder? Woher weißt du denn so genau, dass sie dermaßen schlimm ist?«

Jule zuckte die Achseln. »Was weiß ich – ist so 'n Gefühl. Ich mag sie halt nicht.«

»Du musst sie ja nicht heiraten«, brummte Matze ungerührt und schob sich ein riesiges Stück Schokolade in den Mund. »Also was soll's?«

Jule beruhigte sich langsam: »Okay, ihr habt ja Recht«, gab sie widerstrebend zu. »Aber ich glaube immer noch, dass die echt komisch ist.«

»Na gut«, schloss Lisa das Gespräch ab. »Wir wollten euch eigentlich fragen, wie es bei euch mit Erdkunde aussieht?«

Matze gab ein lang gezogenes Stöhnen von sich und tat so, als ob er ohnmächtig auf sein Schulbuch kippte.

»Wie ihr seht: Es könnte nicht besser sein«, kommentierte Flo in leiser Verzweiflung.

Die Mädchen verzogen sich kurze Zeit später wieder, damit die Jungs noch ein bisschen lernen konnten. Während Flo sich seufzend daran machte, Matze zum Arbeiten zu bewegen, gingen sie in den Gemeinschaftsraum hinunter, holten sich aus der Küche einen Tee und fläzten sich in eines der abgewetzten Sofas, die hier in den Ecken standen.

»Die gute Rebecca wird es nicht leicht haben, wenn sie zu allen anderen so ist wie zu uns vorhin«, bemerkte Jule nachdenklich und blies in ihren Tee, um ihn abzukühlen.

Lisa rollte genervt ihre blauen Augen. »Was ist denn bloß

mit dir los?«, fragte sie. »Okay, sie war vorhin seltsam, aber du schiebst ja 'nen richtigen Hass auf sie.«

Hilflos zuckte Jule die Schultern. »Ich habe echt nur so 'n Gefühl. Instinktive Abneigung oder so, was weiß ich.« Sie machte eine kleine Pause und fuhr sich durch die langen, dunkelrot gefärbten Haare. »Jonath hat gesagt, wir sollen unseren Gefühlen trauen.«

»Moment mal!«, protestierte Lisa grinsend. »Er hat gesagt, wir sollten unsere Gefühle nicht einfach ignorieren. Da ist ein Unterschied.«

»Und wennschon – ich hab halt ein schlechtes Gefühl bei der Tussi.«

»Hm«, machte Lisa und nahm einen vorsichtigen Schluck von dem heißen Tee, während sie über die Bemerkung ihrer Freundin nachdachte.

Die vier Freunde hatten Jonath während des Sommers kennen gelernt. Bis heute wussten sie nicht, ob Jonath sein Vor- oder Nachname war, noch wie alt oder was er wirklich von Beruf war. Sie schätzten ihn auf etwa vierzig Jahre und sie wussten, dass er hervorragende Beziehungen zu allen möglichen Behörden hatte.

Aber vor allem war Jonath – genau wie die vier Freunde – ein Schattenjäger. Die Schattenjäger waren Menschen, die eine besondere Begabung hatten: Sie konnten Wesen aus dem Schattenreich erkennen, die sich in die normale Welt geschlichen hatten und nun als Dämonen, Geister oder andere übernatürliche Wesen Unheil stifteten. Diese Fähigkeit hätte die Freunde im Sommer fast ins Unglück gestürzt, als sie noch nichts über all diese Dinge wussten. Es war das schiere Glück gewesen, dass Jonath noch rechtzeitig aufgetaucht war, um die Freunde zu retten. Er hatte ihnen erklärt, was sie als Schattenjäger zu beachten hatten, und – wie Lisa zugeben musste – unter anderem gesagt, dass sie ihre Gefühle nicht einfach unterdrücken sollten.

Unter diesem Gesichtspunkt hatte Jule Recht. Aber Lisa hegte dennoch leise Zweifel daran, dass Rebecca ein Dämon war, nur weil Jule sie von Anfang an nicht ausstehen konnte.

»Wir können sie ja mal ein bisschen im Auge behalten«, schlug sie zuletzt vor. »Und wenn sie irgendwas Dämonisches von sich gibt, gibt's gleich was auf die Nuss.«

Jule lachte. »Okay, hört sich gut an. Ich freu mich schon drauf.«

An einem der Tische setzten sich mehrere Leute aus dem Haus zusammen, um »Siedler von Catan« zu spielen und sich so die Zeit bis zum Abendessen zu vertreiben. Sie fragten die beiden Freundinnen, ob sie mitmachen wollten. Sowohl Lisa als auch Jule waren froh über die Ablenkung und nahmen das Angebot kurz entschlossen an.

Über dem Spiel vergaß sogar Jule ihren Ärger auf die Neue, und als es schließlich Essenszeit war, hatten sie sich so in das Spiel vertieft, dass sie sich ein wenig verspäteten. Die Jungs dagegen waren bereitwillig vor ihrer Arbeit geflohen und saßen bereits an ihren Stammplätzen, als die Mädchen in den Speisesaal kamen.

Aber Flo und Matze waren nicht allein.

»Das ist ja ein cooles Tattoo«, meinte Matze beeindruckt, der seinen Blick gar nicht von Rebeccas Oberarm abwenden konnte. Die Tätowierung darauf stellte einen Rabenkopf dar, der den Betrachter mit seinen schwarzen Knopfaugen unverwandt anstarrte. Die Schattierungen der Zeichnung waren perfekt, selbst die Augen schienen feucht zu glänzen.

Es war kein Wunder, dass Rebecca ein ärmelloses, schwarzes Tanktop trug, wodurch das Kunstwerk gut zur Geltung kam.

»So ein genau gezeichnetes hab ich noch nie gesehen«, stimmte Flo zu. »Wer hat dir das gemacht?«

»Das war ein Freund«, erklärte Rebecca freimütig und setzte sich neben ihn. »Ein normaler Tätowierer schafft so was nicht – viel zu kompliziert. Und außerdem würde das Ding hier ein Vermögen kosten. Ich könnte mir das gar nicht leisten.«

Matze beugte sich vor, um den Raben besser ansehen zu können. Er wurde das seltsame Gefühl nicht los, dass das Vieh ihn tatsächlich beobachtete. So versunken war er in den Anblick, dass er sich immer tiefer über Rebeccas Schulter beugte, bis seine Nase fast ihre Haut berührte.

Der Rabe erwiderte seinen Blick unverwandt. Und dann blinzelte er.

Mit einem Keuchen schreckte Matze zurück. Erst jetzt bemerkte er, dass um ihn herum gekichert wurde. Seine genaue Untersuchung von Rebeccas Schulter war an den Nebentischen nicht unbemerkt geblieben.

»Das Vieh wirkt richtig lebendig«, murmelte er und versuchte nicht rot zu werden, während er dagegen kämpfte, dem Vogel noch mal in die Augen zu blicken.

»Du aber auch«, bemerkte Flo stirnrunzelnd. »Was hast du denn?«

Matze zuckte die Schultern. »Keine Ahnung. Vermutlich das viele Lernen.«

»Bestimmt«, log Flo ungerührt und wandte sich wieder Rebecca zu. »Wie lange hat es gedauert, das machen zu lassen?«

Es vergingen einige Sekunden, bis Rebecca antwortete – Sekunden, in denen sie ihm einen sehr tiefen Blick zuwarf. »Überhaupt nicht lange«, sagte sie und lächelte. »Das ging viel schneller, als ich gedacht hätte.«

»Äh«, sagte Flo und wurde rot bis unter die Haarspitzen.

Matze starrte seinen Freund ungläubig an. Er hatte noch nie erlebt, dass Flo so unsicher wirkte wie in dem Moment.

»Hoffentlich stören wir nicht«, drang Jules Stimme schneidend durch die seltsame Atmosphäre.

»Hallo Rebecca«, fügte Lisa mit einem Lächeln hinzu.

Die Neue wandte sich zu ihnen um und lächelte. »Oh, ihr zwei«, sagte sie. »Sitzt ihr hier normalerweise? Das tut mir Leid.« Gelassen stand sie auf und grinste den Jungs verschwörerisch zu. »Ich will ja hier nicht in fremden Revieren jagen. Bis später.« Damit ging sie zu einem anderen Tisch, der nur halb besetzt war, und ließ sich dort nieder. Gebannt folgten die Jungs ihr mit den Augen.

»Heute Nacht gehe ich rüber und erwürge sie«, erklärte Jule halblaut.

Ihre Worte ließen Flo und Matze hochschrecken. »Du hast echt 'nen Knall«, stellte Flo kopfschüttelnd fest. »Das ist doch eigentlich nicht deine Art, einem Neuen hier nicht mal 'ne kleine Chance zu geben. Was hast du denn nur?«

Jule verschränkte nur ihre Arme und starrte hasserfüllt ins Leere.

»Das Mädel ist aber wirklich irgendwie komisch«, verteidigte Matze sie lahm. Er war sich immer noch nicht ganz darüber im Klaren, was er nun von der Sache mit dem blinzelnden Raben halten sollte.

Flo war deutlich anzusehen, dass er jeden Augenblick platzen würde vor Wut. »Zum letzten Mal«, sagte er mühsam beherrscht. »Rebecca ist neu hier. Sie ist erst vor zwei Stunden oder so angekommen.«

Lisa sah über die Schulter zu der Neuen hinüber. Rebecca war bereits in ein intensives Gespräch mit zwei älteren Jungs vertieft. »Dafür hat sie aber schon ganz ordentlich Ärger gestiftet«, meinte sie leise.

2 | Die Stimmung zwischen den vier Freunden besserte sich auch im Verlauf des Essens nicht mehr. Kaum hatten sie ihren Nachtisch verschlungen, trennten sie sich und verschwanden in ihren jeweiligen Zimmern, vorgeblich um zu lernen. In Matzes Fall war dies noch nicht einmal so weit von der Wahrheit entfernt. Mit jeder Stunde, die die Arbeit am nächsten Tag näher rückte, wurde ihm klarer, dass er von der Arbeitsweise der Farmer wirklich keine Ahnung hatte, und so vertiefte er sich seufzend noch einmal in das Buch.

Eine Weile lang lag Flo auf seinem Bett und blätterte ein Musikmagazin durch, ohne auch nur ein Wort wirklich zu lesen. Seine Gedanken wanderten immer wieder zurück zu Rebecca. Sie erinnerte ihn ein wenig an Jule. Beide Mädchen wirkten älter, als sie tatsächlich waren, beide wirkten dementsprechend auf Jungs; und beide hatten offensichtlich nicht die geringste Scheu, sich zu verstellen, um ihren Willen durchzusetzen. Vermutlich war genau diese Ähnlichkeit auch an Jules seltsamer Abneigung gegen Rebecca schuld.

Ein Lächeln zupfte an Flos Mundwinkeln. Die gute Jule würde sich daran gewöhnen müssen, dass sie nicht mehr die Einzige im Steinbach-Haus war, die so selbstbewusst auftrat.

Sobald er diese Erklärung für Jules seltsames Verhalten gefunden hatte, wurde Flo von einer ungewohnten Unruhe erfasst. Ein paar Minuten noch konzentrierte er sich auf die Konzerttipps, die einen heißen Herbst versprachen, legte aber schließlich die Zeitschrift beiseite, stand auf und öffnete die Türe.

»Ich gehe noch mal ein bisschen runter – mal schauen, was da noch los ist«, sagte er und verschwand, bevor Matze überhaupt etwas antworten konnte.

An der Treppe blieb er stehen und sah verwundert zurück. Eigentlich hatte er nie vorgehabt nach unten in den Gemeinschaftsraum zu gehen – er wollte Rebecca besuchen. Warum er Matze angelogen hatte, wusste er selbst nicht. Vermutlich hatte er sich einfach nur versprochen; zumindest redete er sich das rasch ein, auch wenn er es in seinem Innersten besser wusste.

Verstohlen ging er die Treppe hinauf ins Mädchenstockwerk. Zum Glück war die Türe von Jules und Lisas Zimmer geschlossen. Dennoch drangen die Stimmen der beiden Mädchen deutlich auf den Gang hinaus. Fast auf Zehenspitzen schlich er daran vorbei. Er hatte gerade Rebeccas Zimmer erreicht, als die Türe nebenan plötzlich geöffnet wurde und Jule auf den Gang trat.

»Ich dachte schon, dass Matze ihre Schulter gleich ableckt«, grollte Jule. »Hast du gesehen, wie er erschrocken ist, als er gemerkt hat, dass alle ihn anschauen? Und Flo hatte auch Stielaugen wie sonst wer.«

Lisa blickte zur Decke, nahm aber all ihre Geduld zusammen. »Um ehrlich zu sein: Ich kann's nicht mehr hören«, sagte sie und sah dann ihre Freundin bittend an. »Lass das doch für heute mal gut sein, okay?«

Einen Augenblick lang machte Jule ein Gesicht, als wollte sie explodieren. Dann aber lachte sie und schüttelte hilflos den Kopf. »Diese blöde Kuh geht mir einfach nicht aus dem Kopf«, stöhnte sie. »Und du musst zugeben, dass die Jungs dieses Tattoo angestarrt haben, als wollten sie jeden Moment reinbeißen.«

Lisa dachte nach. »Einverstanden. Vor allem Matze war komisch und Flo hat eben – keine Ahnung. Ich glaube, der fand es einfach toll. Ist ja auch eine schöne Zeichnung.«

»Hm«, machte Jule und musste wider Willen grinsen, als sie sich daran erinnerte, wie Matze hoch geschreckt war, nachdem er bemerkt hatte, dass ihn alle anstarrten. »Ach verdammt, ich geh noch mal ins Fernsehzimmer runter und glotze ein bisschen.«

»Okay, gute Idee.« Lisa machte sich nicht die Mühe, ihre Erleichterung darüber zu verbergen, dass sie in Ruhe lernen konnte.

Jule ging zur Türe. »Soll ich dir noch einen Tee bringen oder so was, wenn ich wieder hochkomme?«

»Nein, danke. Lieb von dir.«

»Dann bis nachher.« Jule trat auf den Gang hinaus. Sie hatte die Türe gerade zugezogen, als sie ein Geräusch hinter sich hörte.

Irgendwie war es völlig albern, aber Flo erschrak furchtbar, als Jule aus dem Zimmer kam. Auf keinen Fall wollte er von ihr dabei ertappt werden, wie er Rebecca besuchte. Ohne weiter darüber nachzudenken, stieß er die Türe auf und trat ein. Erst, nachdem er die Türe leise wieder geschlossen hatte, wandte er sich um. Rebecca stand in einer schwarzen Schlafanzughose und dem Tanktop am offenen Fenster. Sie hatte die Arme gespreizt wie ein Turmspringer und den Kopf weit in den Nacken gelegt. Flo durchfuhr einen Augenblick lang die Ahnung, dass sie jeden Moment tatsächlich aus dem Fenster springen wollte.

Doch sobald sie die Türe klappen hörte, fuhr sie herum und starrte ihn böse an. Nach dem Bruchteil einer Sekunde verzog sich ihr anfänglich verärgerter Gesichtsausdruck zu einem amüsierten Grinsen.

»Wie war das noch mal mit dem Anklopfen?«, fragte sie gespielt nachdenklich. »Oder habe ich da was falsch verstanden?«

»Äh«, machte Flo und kam sich berechtigterweise ziemlich blöde vor.

Fast musste Jule lachen, als die Türe der Neuen ins Schloss fiel. Um ein Haar wäre sie dieser Rebecca in die Arme gelaufen, ausgerechnet auf dem Weg zum Fernsehzimmer – in das Jule ja nur ging, um nicht mehr dauernd an sie denken zu müssen. Sie zuckte die Schultern und ging die Treppen hinab. Wenn sie ihr Hirn nur lange genug mit irgendeiner Quizshow eingeweicht hatte, würde auch Rebecca endlich aus ihrem Kopf verschwinden.

»Tut mir echt Leid«, stotterte Flo, »ich wollte nur nicht, also, äh, da draußen war jemand und ich, äh.« Er brach ab und ruderte hilflos mit den Armen. »Tut mir wirklich Leid«, schloss er sein Plädoyer.

»Macht nichts, ich war ja angezogen«, entgegnete Rebecca gelassen, setzte sich auf das Bett und klopfte neben sich mit der flachen Hand auf die Decke. »Setz dich doch! Finde ich übrigens nett von dir, mich noch zu besuchen. Vor wem musstest du dich denn nun verstecken?«

Flo ließ sich neben ihr nieder und kratzte sich verlegen am Kopf. »Na ja, verstecken ist nicht ganz das richtige Wort. Aber Jule kam gerade aus ihrem Zimmer und wir haben uns vorhin ein bisschen gezofft. Deswegen wollte ich ihr jetzt ganz gern aus dem Weg gehen.«

»Deine Freundin mag mich nicht besonders, hm?« Rebeccas Gesicht war völlig entspannt, als machte ihr Jules Abneigung nicht besonders viel aus.

»Du hast sie irgendwie auf dem falschen Fuß erwischt«, meinte Flo diplomatisch. »Aber das wird schon wieder.«

»Wäre für mich auch nicht das erste Mal, dass es am Anfang ein paar Probleme gibt«, erzählte sie schmunzelnd. »Ich wirke so auf manche Mädels, dass sie sich irgendwie von mir bedroht fühlen. Das hat sich aber noch jedes Mal mit der Zeit wieder gelegt. Hat Jule denn gesagt, was ich falsch gemacht habe?«

Flo zögerte einen Moment. Es erschien ihm nicht ganz richtig, mit Rebecca über Jule zu sprechen. »Nichts Genaues jedenfalls. Wie gesagt: Du hast sie einfach in einem blöden Moment erwischt«, sagte er schließlich schulterzuckend.

Rebecca nickte verständnisvoll. »Ist ja auch egal. – Sag mal, weißt du, ob man hier auch nachts mal rauskann, ohne dass es die Erzieher gleich mitbekommen?«

»Da gibt's schon einen Weg, der ziemlich sicher ist«, erzählte Flo, dankbar für den Themenwechsel. »Am Ende vom Gang ist ein Fenster, das führt auf eine Nottreppe, falls es brennt. Man darf bloß nicht zu hastig runtergehen, weil das Ding sonst furchtbar zu scheppern anfängt.«

»Und das Fenster ist immer offen? Da muss doch nachts mehr Verkehr sein als am Flughafen.«

Flo grinste. »Absperren dürfen sie es nicht – wegen dem Fluchtweg. Paul hat zwar mal eine Alarmanlage einbauen lassen, aber das Problem hat Lisa schon vor längerem gelöst. Sie hat die Kontakte überbrückt und wir sorgen dafür, dass das Fenster immer nur angelehnt ist, damit wir auch wieder reinkommen.«

»Ist ja cool«, stellte Rebecca fest. »Heute Nacht feiern ein paar Freunde von mir 'ne Party. Willst du vielleicht mitkommen?«

Flo sah sie eine Sekunde lang prüfend an, ob sie ihn nicht veräppelte. Aber nichts in ihrem Blick deutete darauf hin; offenbar war es ihr völlig ernst. »In Ordnung«, sagte er dann möglichst gelassen. »Wann willst du los?«

»So bald wie möglich.«

»Ich hole dich um halb zwölf ab, okay? Vorher ist das Risiko zu groß, dass wir einem Erzieher in die Arme rennen, und die reagieren etwas empfindlich auf solche Nachtwanderungen.«

»Prima. Dann bis nachher.«

Flo verstand den Wink und stand auf. »Dann klopfe ich bestimmt auch«, sagte er grinsend und schlüpfte zur Türe hinaus.

Matze war immer noch im Erdkundebuch versunken, als Flo zurückkehrte. Bei dem Anblick fiel Flo plötzlich wieder ein, dass er ja am nächsten Tag die Arbeit schreiben musste. Er hatte das völlig vergessen und jetzt hatte er Rebecca bereits zugesagt sie auf diese Party zu begleiten. Aber rasch hatte Flo den Schrecken wieder verdrängt. Seine Noten in Erdkunde waren bis jetzt so gut, da konnte er sich notfalls auch mal einen Ausrutscher erlauben.

»Und? Alles klar?«, brummelte Matze und sah gequält zu seinem Freund auf. Seine schwarzen Stachelhaare waren völlig zerrauft und die Augen gerötet.

Flo musste lachen. Ein Marathonlauf konnte Matze vermutlich nicht so schrotten wie eine Stunde Lernen. »Du siehst echt aus wie Hulle. Geh mal lieber ins Bett, sonst fällst du morgen während der Arbeit ins Koma.«

»Gute Idee«, stimmte Matze ihm zu. »Du hilfst mir morgen, okay?«

»Ich tue, was ich kann«, wich Flo aus. »Könnte aber sein, dass ich auch nicht so fit bin. Ich gehe nachher noch mit Rebecca auf 'ne Party.«

Plötzlich war Matzes Müdigkeit wie weggeblasen. »Wie bitte? Heute Nacht? Was für eine Party?«

Die Verblüffung seines Freundes war Flo ein wenig peinlich. Irgendwie fühlte er sich, als hätte er ihn hintergangen. »Sie hat mich gefragt, wie man nachts rauskann, weil Freunde von ihr heute Nacht feiern. Ich hab's ihr erklärt und sie hat mich eingeladen.«

»Aha.« Matze musterte Flo durchdringend. Sie kannten sich nun schon, seit er sich erinnern konnte, aber so etwas hatte er noch nie erlebt. Flo war immer der Vernünftige von ihnen gewesen und so eine Aktion sah ihm überhaupt nicht ähnlich.

»Von Weizenfarmern habe ich sowieso genug«, behauptete Flo und warf sich übertrieben lässig auf sein Bett.

Matze zog die Augenbrauen in die Höhe. »Du hast nicht vor den Mädels davon etwas zu erzählen, nehme ich an?«, erkundigte er sich.

»Darüber hab ich mir noch gar keine Gedanken gemacht«, log Flo. »Aber vermutlich wäre es besser, wenn sich Jule nicht noch mehr aufregen muss.«

»Ach herrje! Wie nett von dir daran zu denken.« Mit einem letzten angewiderten Blick auf eine Klimatabelle klappte Matze das Schulbuch zu und stand auf. »Na ja, ich gehe jetzt mal Zähne putzen. Solltest du übrigens auch machen – im Essen heute war ziemlich viel Knoblauch. Soll ja angeblich beim Knutschen stören.«

Bevor Flo den Sinn des letzten Satzes kapiert und ein geeignetes Wurfgeschoss zur Hand hatte, war Matze schon zur Türe hinaus.

Als das Steinbach-Haus zu einem Jugendwohnheim umgebaut worden war, hatten sich die Architekten völlig verschätzt, was die Größe der Waschräume anging. Zu den entsprechenden Tageszeiten konnte es geschehen, dass man warten musste, bis ein Waschbecken frei wurde, von den Duschen und den Klos ganz zu schweigen.

Bisweilen kam dann jemand auf die Idee, einen anderen voll zu spritzen, und innerhalb kürzester Zeit war die schönste Wasserschlacht im Gange. Die Erzieher hatten noch kein funktionierendes System gefunden, um das zu unterbinden, ohne die ganze Zeit wie Gefängniswärter über ihren Schützlingen zu wachen. So beschränkten sie sich meistens darauf, nach den Schlachten unter wütenden Blicken das Aufwischen zu beaufsichtigen.

An diesem Abend hallte das begeisterte Gebrüll Matze schon auf dem Gang entgegen. Einen Moment lang dachte er darüber nach, sich ebenfalls in die Schlacht zu stürzen, blieb aber dann doch draußen stehen und wartete das Ganze in Ruhe ab. Kurz darauf kam Georg angestürmt.

»Saubande!«, schnaubte er und funkelte Matze wütend an, der nur grinsend die Schultern zuckte.

»Ich habe mit der Sache nichts zu tun, Herr Wachtmeister«, beteuerte er fröhlich.

»Sei bloß froh!«, war die grimmige Antwort, dann verschwand der Erzieher im Waschraum.

Während drinnen das fröhliche Geschrei von Georgs Geschimpfe abgelöst wurde, ließ Matze sich noch einmal durch den Kopf gehen, was Flo ihm eben erzählt hatte. Langsam teilte er das Misstrauen der beiden Mädchen gegen die Neue. Rebecca hatte etwas an sich, was ihm einen unmerklichen Schauer über den Rücken jagte, besonders seit der Sache mit dem Raben. Auch wenn er sich mittlerweile sicher war, dass ihm seine Phantasie einen Streich gespielt hatte – eine Tätowierung konnte nun einmal nicht blinzeln – es blieb doch ein unangenehmes Gefühl.

Und nun wollte Flo mit ihr zusammen zu einer Party gehen, von Leuten, die er nicht kannte, und das noch dazu am Abend vor einer Klassenarbeit. Je länger Matze über die Sache grübelte, desto weniger gefiel ihm das eigenartige Verhalten seines besten Freundes.

Kurz vor halb zwölf schälte sich Flo aus seinem Bett und zog sich an. Matze hatte sich vor seinen Ängsten vor der Klassenarbeit schnell ins Land der Träume geflüchtet und lag nun selig schnarchend in seinem Bett, völlig in die Decke eingewickelt. Nur ein Büschel schwarzer Haare lugte daraus hervor.

Leise schlüpfte Flo in die Schuhe und öffnete die Türe. Der Gang war leer und er huschte zum Fenster zu der Feuertreppe. Eine Minute später klopfte er behutsam an Rebeccas Türe. Sie war bereits fertig angezogen und folgte ihm wortlos zum Fenster. Kurze Zeit später liefen sie durch den Garten auf das Tor zu, wobei Flo darauf achtete, dass sie stets im Schatten der Bäume blieben. Der Mond schien zwar nur schwach durch die dichte Wolkendecke, aber dennoch wollte Flo auf alle Fälle vermeiden, dass sie entdeckt wurden, nur weil einer der Erzieher zufällig aus dem Fenster sah.

»Das ist ja echt abenteuerlich«, stellte Rebecca amüsiert fest, als sie durch das Tor auf die Straße schlüpften und zur nächsten Bushaltestelle liefen. »Wie ein Gefängnisausbruch.«

»Die Erzieher haben es nicht so gern, wenn man nachts abhaut.« Flo zuckte die Schultern. »Eigentlich ganz verständlich, immerhin kriegen sie den Ärger, wenn uns was passiert.«

»Unsinn«, widersprach Rebecca. »Das erzählen sie einem immer, stimmt aber nicht. Wir sind ja keine Gefangenen, und wenn wir sogar eine Alarmanlage überbrücken, um uns dünne zu machen, dann sind die Erzieher aus dem Schneider. Kein Mensch erwartet von denen, dass sie uns lückenlos überwachen. Wir sind ja keine Kleinkinder mehr.«

»Hm«, machte Flo, dem dazu nichts einfiel. Er musste gerade an seinen letzten nächtlichen Ausflug denken. Damals waren sie ins Krankenhaus gefahren, um eine Mitbewohnerin vor einem Wesen aus der Schattenwelt zu retten, das ihr buchstäblich das Leben aus dem Leib saugte. Schon die Erinnerung genügte, um Flo einen Schauer über den Rücken laufen zu lassen, und er schüttelte sich.

»Ist dir kalt?«, fragte Rebecca, die seine Bewegung bemerkt hatte.

»Ein bisschen«, gab Flo wahrheitsgemäß zu und schlang die Arme um sich. Der Wind war tatsächlich eisig und er war dafür zu leicht angezogen. »Wo gehen wir eigentlich gerade hin?«

Rebecca deutete auf die Straßenkreuzung vor ihnen. »Ich habe mich mit Freunden verabredet, die uns mitnehmen. Wir wollten uns da vorne treffen.«

»Und wohin nehmen die uns dann mit?«

»Die Party ist in einer alten Fabrikhalle irgendwo am Stadtrand. Genau weiß ich es auch nicht. Wieso?«

»Nur so«, murmelte Flo und zog den Kopf tief in den Kragen. Langsam beschlich ihn das Gefühl, dass er vielleicht doch lieber hätte zu Hause bleiben sollen. Aber jetzt konnte er ja schlecht noch einen Rückzieher machen.

Tatsächlich stand an der Kreuzung ein verrosteter Opel, an den sich zwei junge Männer lehnten und rauchten. Sie trugen schwarze Lederklamotten und hatten mehrere Piercings im Gesicht. Genau wie bei Rebecca waren ihre Haare blauschwarz gefärbt.

»Da sind sie ja schon«, bemerkte Rebecca fröhlich. »Hi Jungs!«

»Hi Becky«, erwiderten die beiden den Gruß. »Alles klar? Wie ist das neue Heim?«

»Ganz okay bis jetzt. Das hier ist übrigens Flo. Auch so 'n verkrachter Typ aus dem Heim. Flo, darf ich vorstellen: Mike und Simon.«

Die Männer nickten Flo freundlich zu, der sich plötzlich ziemlich unwohl fühlte. Einmal fand er es seltsam, dass Rebecca ihn als ›verkrachten Typen‹ vorstellte. Zum anderen hatte er sich das Ganze doch etwas anders vorgestellt. Bei zwei ihm völlig fremden Typen ins Auto zu steigen war nicht sein Plan gewesen.

»Na dann wollen wir mal«, meinte Simon und stieg in das Auto. »Wir sind sowieso spät dran. Corvus wird jetzt schon genervt sein.«

»Corvus?«, fragte Flo leise, als er neben Rebecca saß. »Heißt das nicht Rabe?«

»Hey!« Sie grinste ihn an. »Alle Achtung, da hat aber einer in Latein aufgepasst! Ja, Corvus heißt Rabe. Das ist der Spitzname von dem Typen, der die Party schmeißt. Er hat mir übrigens das Tattoo gemacht.«

»Das ist seine Spezialität«, merkte Mike an und wandte sich auf dem Beifahrersitz zu ihnen um. »Den Raben haben fast alle, die ihn kennen. Stehst du auf Tattoos?«

»Dieser Rabe jedenfalls ist Wahnsinn«, erwiderte Flo vorsichtig. »So was habe ich echt noch nie gesehen.«

»Dann wirst du heute noch staunen«, versprach der junge Mann. »Meistens sind Leute auf diesen Partys, die laufende Kunstwerke sind. Das letzte Mal . . .« Er verstummte und starrte durch die Heckscheibe. »Simon, fahr mal rechts ran, okay?«

»Was ist los?« Simon linste durch den Rückspiegel. »Die Bullen?«

»Mach einfach, was ich sage, ja? Und ihr zwei dreht euch nicht um!«

Rebecca und Flo warfen sich einen verstohlenen Blick zu, während der Opel langsam am Straßenrand zum Stehen kam. Ein paar andere Wagen rauschten an ihnen vorbei.

»Was ist denn jetzt?«, fragte Simon schließlich.

Mike schüttelte den Kopf. »Nichts. Tut mir Leid, ich

dachte einen Augenblick, dass uns jemand folgt. Ist aber vorbeigefahren.«

Sein Freund sah ihn ungläubig an. »Wie bitte? Und warum sollte uns um Gottes willen jemand verfolgen? Ich bin ja nicht mal zu schnell gefahren!«

»Was weiß denn ich! Hätte ja sein können.« Mike war sein Verdacht offensichtlich peinlich. »Bin in letzter Zeit irgendwie nervös«, brummelte er und schüttelte sich eine Zigarette aus seiner Schachtel. Während er sie sich ansteckte, bot er die Schachtel wortlos auch Rebecca und Flo an. Flo schüttelte den Kopf, während Rebecca sich wie selbstverständlich bediente.

Als Mike ihr sein Feuerzeug reichte und die Flamme ihr Gesicht erhellte, bildete Flo sich einen Herzschlag lang ein, dass rund um ihre Pupillen gar nichts Weißes mehr zu sehen wäre und sie dieselben schwarzen Knopfaugen hätte wie der Rabe auf ihrem Arm. Dann ging die Flamme aus, sie wandte sich ihm zu und ihre Augen waren wieder völlig normal.

»Na? Alles klar?«, fragte sie.

»Alles klar«, bestätigte Flo langsam. Er dachte immer noch darüber nach, was Mike denn befürchten ließ verfolgt zu werden. »Ich bin echt mal gespannt auf die Party. Hoffentlich gibt's da gute Musik.«

Simon lachte leise. »Keine Sorge, so was wie das heute hast du noch nie erlebt«, behauptete er.

3 | Kurze Zeit später fuhr der Opel zwischen alten Lagerhallen dahin, irgendwo auf einem verlassenen Bahngelände. Kaputte Betonbauten voller Graffitis, alte Güterwaggons, wild wucherndes Gestrüpp und niedergerissene Stacheldrahtzäune bestimmten das Bild. Ein paar hundert Meter weiter rauschten im Minutentakt Züge und S-Bahnen vorbei.

Simon parkte den Opel schließlich neben einer fensterlosen Halle, vor der ein paar junge Leute in schwarzen Klamotten herumstanden.

»So, da sind wir«, sagte Rebecca und zwinkerte Flo fröhlich zu. »Dann mal los.«

Wortlos folgte Flo ihr und den beiden jungen Männern zum Eingang der Halle. Ein paar breitschultrige Türsteher musterten ihn mit gerunzelter Stirn, sagten aber nichts und traten beiseite, um sie durchzulassen.

Im Inneren der Halle war es laut, feucht und heiß. Rote Scheinwerfer und eine Nebelmaschine erfüllten den Raum mit glühendem Dunst. Aus den Boxen dröhnte düstere Musik, um die sich allerdings niemand besonders kümmerte. Die Gäste standen im ganzen Raum verteilt, tranken, rauchten und unterhielten sich. Viele von ihnen hatten sich die Gesichter schwarz und weiß geschminkt, sodass es fast ein wenig an eine finstere Faschingsparty erinnerte. Auf der unbeleuchteten Bühne stand ein einsames

Mikro. Offenbar sollte an dem Abend tatsächlich noch jemand singen.

Simon und Mike wandten sich zu Rebecca und Flo um. »Wir sagen mal schnell ein paar Leuten Hallo«, erklärten sie. »Bis nachher.«

»Ja, bis dann«, erwiderte Rebecca. Sobald die beiden in der Menge verschwunden waren, sah sie Flo fragend an. »Ich hole uns was zu trinken. Für dich auch eine Cola?«

Während sie sich zur Bar vorkämpfte, sah Flo sich neugierig um. Zu seiner Erleichterung war er nicht der Einzige in seinem Alter und auch nicht der Einzige, der etwas anderes trug als schwarze Ledersachen. Überall in der Menge stachen Leute heraus, die – wie er – normal gekleidet waren und sich auch nicht geschminkt oder die Haare gefärbt hatten.

Flos Blick traf sich mit dem einer jungen Frau, die mit ihrer blonden Dauerwelle und dem roten Minirock ebenso offensichtlich ein Neuling auf der Party war wie er selbst. Sie zwinkerte ihm zu und er grinste zurück. Plötzlich fühlte er sich nicht mehr ganz so unsicher.

»Hättest du mir nicht sagen können, was man hier anzuziehen hat?«, fragte er Rebecca mit einem schiefen Grinsen, als sie zurückkam und ihm eine Cola reichte.

Zuerst sah sie ihn verständnislos an, bis er an seiner Jeans und der grauen Jacke zupfte. »Ach so – tut mir Leid«, kicherte sie dann, »das konnte ich nicht wissen. Zugegeben, im Augenblick haben alle diesen Tick mit den schwarzen Klamotten und den Haaren. Echt komisch. Aber sieh's mal so: Du bist echt originell angezogen.«

»Ja, großartig«, brummte Flo zweifelnd und trank einen Schluck.

»Rebecca!«, dröhnte plötzlich hinter ihm eine Stimme. »Da bist du ja! Ich dachte schon, du kommst nicht mehr.«

Erschrocken fuhr Flo herum und sah sich einem Mann von etwa dreißig Jahren gegenüber, dessen lange Haare schlohweiß gefärbt waren. Sein sehniger Oberkörper wurde nur von einer schwarzen Lederweste bedeckt, unter der mehrere Tätowierungen halb zu sehen waren. Um den Hals trug er ein Kettchen mit einem silbernen Anhänger in Form eines Raben.

»Corvus!«, rief Rebecca freudig und fiel dem Mann um den Hals.

Der Mann drückte Rebecca an sich, wobei er Flo über ihre Schulter hinweg musterte. Seine dunklen Augen wirkten irgendwie seltsam, auch wenn Flo nicht genau sagen konnte, was ihn störte. Er warf seinerseits einen unauffälligen Blick auf die riesigen Kerle, die wie Leibwächter hinter diesem Corvus standen und alles um ihn herum beobachteten.

»Du hast einen neuen Freund mitgebracht, sehe ich«, sagte Corvus, nachdem er sich aus Rebeccas Umarmung befreit hatte.

»Richtig. Das ist Flo. Er wohnt mit mir in dem Heim, in das sie mich jetzt gesteckt haben«, erklärte Rebecca.

»Grüß dich, Flo«, sagte Corvus und streckte ihm die Hand entgegen. »Ich hoffe, dir gefällt meine Party.«

Flo schüttelte ihm die Hand, die sich seltsam trocken und knöchern anfühlte. »Ja, ist echt cool hier«, behauptete er. »Gehört dir die Halle?«

Der Mann lachte. »Nein, bestimmt nicht. Die habe ich irgendwann mal entdeckt und mir gedacht, hier müsste man noch 'ne Party machen, bevor das Ding abgerissen wird. Und außerdem wollte ich mal nicht aufräumen müssen.«

»Bisher haben wir meistens bei Corvus zu Hause gefeiert«, erklärte Rebecca eifrig. »Er hat ein Wahnsinnshaus am Friedrichsplatz.«

»Das jeden Moment einstürzen kann«, ergänzte Corvus grinsend. Er sah auf seine Uhr. »So, wir sollten aber langsam mal loslegen, bevor es zu spät wird. Also, viel Spaß, ihr zwei.«

Damit gab er Flo einen freundschaftlichen Klaps auf die Schulter und ging weiter, gefolgt von den Schränken, die ihn die ganze Zeit nicht aus den Augen gelassen hatten. Rebecca folgte ihm mit einem bewundernden Blick.

»Womit will er denn loslegen?«, fragte Flo, der sich noch nicht ganz darüber im Klaren war, was er von Corvus halten sollte.

Rebecca hakte sich bei ihm ein und zog ihn sanft hinter dem Gastgeber her. »Das wirst du gleich sehen«, versprach sie fröhlich. »Aber es wird dir gefallen.«

»Verdammt, ich kann immer noch nicht glauben, was wir hier machen!«, schnaubte Jule, als sie mal wieder über ein von Unkraut überwuchertes Gleis stolperte. »Vermutlich sind diese düsteren Typen irgendwelche Verbrecher, die Flos Organe klauen und verkaufen wollen oder so, aber das geschieht ihm völlig recht. Wenn er unbedingt mit dieser blöden Kuh nachts losziehen muss, dann soll er doch!«

Lisa seufzte geduldig. »Du wolltest ihm doch unbedingt nachschleichen, oder nicht?«

»Allerdings«, pflichtete Matze mürrisch bei. »Ich hab

auch gleich gesagt, dass ein Taxi sauteuer wird – aber du musstest ja unbedingt hinterher.«

»Kein Mensch hat euch gezwungen mitzukommen!«, entgegnete Jule. »Der Fahrer war übrigens klasse. Einfach dran vorbeigerauscht, in eine Tankstelle eingebogen und dann die Verfolgung mit mehr Abstand wieder aufgenommen. Aber wenn er ihnen noch dieses letzte Stück gefolgt wäre, hätten sie uns entdeckt. Also jammert nicht rum. Ihr seid freiwillig hier.«

»Ne, dieses unangenehme Gefühl, dass irgendwer auf dich aufpassen sollte, hat mir keine Wahl gelassen«, widersprach Matze. »Außerdem ist es in keinem Fall in Ordnung, einem Freund nachzuspionieren.«

Jule schnaubte verächtlich. »Das hättest du dir überlegen sollen, bevor du uns von der Sache erzählt hast.«

»Dann sollte ich euch vielleicht in Zukunft nichts mehr ...«

»Moment mal«, unterbrach Lisa ihn mit fester Stimme. »Ihr zwei seid meine Freunde und er ist mein Bruder. Es ist völlig in Ordnung, seinem Bruder nachzuspionieren, und es ist genauso in Ordnung, dass ihr als meine Freunde mir dabei helft. Verstanden?«

Die beiden anderen dachten eine Sekunde darüber nach. »Du solltest eine Karriere als Anwältin in Betracht ziehen«, meinte Matze schließlich. »Ich denke immer noch, dass ich auch mit Flo befreundet bin, aber ich bin sowieso nur mitgegangen, um auf euch beide aufzupassen.«

»Dann hast du hoffentlich auch aufgepasst, wo wir hinmüssen.« Jule sah sich um. »Ich kann diese Schrottkarre nirgends entdecken.«

Lisa schlang die Arme um sich und hüpfte auf und ab, um

sich zu wärmen. »Verdammt, ist das kalt heute Nacht! Ich hoffe nur, dass wir das bald hinter uns haben.«

Matze spähte eine Gasse zwischen zwei ausrangierten Güterwaggons hinunter. »Was ist denn mit der Halle dahinten? Ist da nicht ein Licht?«

Die Mädchen traten neben ihn. »Stimmt, du hast Recht«, bestätigte Jule. »Also los! Ich möchte endlich wissen, was dieser ganze Mist hier eigentlich soll.«

Je näher sie der Halle kamen, desto sicherer waren sie sich, dass diesmal die Richtung stimmte. Bald schon konnten sie gedämpfte Musik und Stimmen hören. Als die ersten Leute am Eingang der Halle in Sichtweite waren, blieben sie im Schatten eines flachen Schuppens stehen und beobachteten das Ganze erst einmal.

Vor der stählernen Eingangstüre standen mehrere breitschultrige Kerle in schwarzen Ledermänteln herum und rauchten gelangweilt ihre Zigaretten. Immer wieder kamen kleine Gruppen von Leuten, die den Türstehern zunickten und in der Halle verschwanden.

»Dahinten steht der Opel«, sagte Lisa und deutete auf das Auto neben der Halle. »Also muss Flo da drin sein, was auch immer das ist.«

»Sieht eigentlich alles ganz normal aus«, stellte Matze leise fest. »Wie eine normale Disco eben.«

»Das ist aber 'ne komische Gegend für eine Disco«, sagte Jule.

Lisa kniff die Augen zusammen. Über der Türe hing nur eine nackte Glühbirne und deren Licht reichte kaum aus, um die Gesichter der Männer richtig zu sehen. Dennoch störte sie etwas. »Die Typen sind komisch«, sagte sie leise, während sie in ihrem Rucksack nach der Kamera kramte, ohne die sie so gut wie nie aus dem Haus ging. »Irgendwas stimmt nicht mit denen.«

»Was meinst du?«

»Ich weiß nicht.« Es war viel zu dunkel, um eine vernünftige Aufnahme machen zu können. Nachdem sie ein paar Sekunden lang gefilmt hatte, setzte Lisa die Kamera wieder ab und verstaute sie. »Ich habe eben so 'ne Ahnung«, fuhr sie fort.

»Du meinst, so wie bei mir und dieser Rebecca?«, fragte Jule beleidigt. »Dieses Gefühl, das mir keiner geglaubt hat?«

Lisa fuhr wütend herum. »Jetzt hör aber auf, ich hab's dir doch geglaubt!«, zischte sie. »Und weswegen sind wir denn überhaupt hier, wenn nicht wegen deinem doofen Gefühl, zum Teufel!«

»Äh«, machte Matze und schob sich vorsichtig zwischen die beiden Mädchen. »Die Frage ist doch, was wir jetzt machen, oder?«

»Wir werden irgendwie herausbekommen müssen, was da drin vorgeht«, sagte Lisa nach kurzem Schweigen.

Insgeheim atmete Matze erleichtert auf. Langsam wurde ihm klar, dass ihm Flo ganz schön fehlte. Für solche Schlichtungen war normalerweise er zuständig und Matze fühlte sich nicht besonders wohl in der Rolle.

»An diesen Schränken an der Tür kommen wir vermutlich nicht vorbei«, dachte Jule laut nach. »Vielleicht sollten wir mal nach einem Hintereingang suchen?«

Lisa nickte. »Gute Idee. Wenn es so was nicht gibt, können wir uns immer noch etwas anderes ausdenken.«

»Also los.«

Vorsichtig machten sich die drei Freunde daran, auf die Rückseite des Gebäudes zu gelangen, ohne von den Türstehern gesehen zu werden. Da sie dabei mehrere andere Schuppen umgehen mussten, brauchten sie für hundert Meter Luftlinie fast eine Viertelstunde. Zuletzt mussten sie sogar auf allen vieren hinter einem niedrigen Erdwall entlangkriechen, was Jules Laune den Todesstoß versetzte.

Kurz bevor sie ihr Ziel erreicht hatten, quiekte Jule unterdrückt auf. Lisa und Matze erstarrten und lauschten auf die Stimmen der Türsteher, die einen Moment verstummten. Doch nach ein paar Sekunden, die den Freunden erschienen wie ein halber Tag, lachten die Männer leise und unterhielten sich weiter.

Wenig später drückten sich die Freunde außer Sichtweite an die Seitenmauer der Halle.

»Was ist passiert, Jule?«, fragte Lisa besorgt. »Hast du dich verletzt?«

Jule starrte mit verzerrtem Gesicht ihre rechte Hand an, die sie möglichst weit von sich streckte. »Bäh!«, stieß sie gepresst aus. »Lisa, bitte schnell! Ich brauche ein Taschentuch! Oh Gott, ist das eklig! Igittigitt!«

»Was hast du denn?«, flüsterte Matze.

»Ich habe in was reingefasst, das ist irgendwie – oh Gott, ich will's gar nicht wissen! Verdammt, Lisa, bitte gib mir schnell was zum Abwischen!«

Matze und Lisa atmeten erleichtert auf, kramten nach Taschentüchern und warteten geduldig, bis ihre Freundin sich das Was-auch-immer abgewischt hatte. Sie wussten beide nur zu genau, dass es in diesem Fall keinen Sinn hätte, Jule zur Eile zu drängen.

Nachdem sich zu ihren Füßen ein kleiner Berg aus zerknüllten Tempos erhob, setzten sie ihren Weg fort. Vorsichtig gingen sie an der Mauer der Halle entlang. Doch als sie nach ein paar Minuten das Gebäude umrundet hatten und an der anderen Ecke der Vorderseite standen, waren sie nur auf ein riesiges Tor gestoßen, das so fest verschlossen war, dass es sich nicht mal ein wenig rütteln ließ.

Jule sah kurz um die Ecke und warf den Türstehern einen wütenden Blick zu, bevor sie sich ihren Freunden zuwandte. »Das war's dann wohl«, flüsterte sie grimmig. »Jetzt können wir entweder gleich nach Hause gehen oder erst noch hier warten, bis er und dieses Miststück wieder rauskommen.«

Matze hob eine Hand. »Immer mit der Ruhe. Ich hab noch eine Idee.« Damit ging er wieder zurück und blieb schließlich an der Rückseite des Gebäudes stehen. Die Mädchen waren ihm neugierig gefolgt und sahen nun ebenfalls nach oben. Ein wenig über Kopfhöhe war dort eine rostige Leiter in die Mauer einzementiert, die bis auf das Dach führte.

»Ich hoffe nur, das Ding hält uns aus«, bemerkte Matze und kratzte sich nachdenklich am Kopf.

Jule starrte ihn an. »Was meinst du damit? Wir suchen einen zweiten Eingang und keine Sprossenwand. Oder habe ich was falsch verstanden?«

»Wenn mich nicht alles täuscht, dann hat die Hütte hier Oberlichter oder ein Glasdach oder so was. Ich habe jedenfalls keine Fenster gesehen, aber irgendwoher muss das Licht ja kommen. Und wenn dem so ist, können wir von dort oben alles überblicken, was in dem Schuppen so passiert.«

»Da hast du Recht«, stimmte Lisa ihm zu. »Gute Idee. Also los!«

»Und was ist, wenn die Leiter uns nicht aushält?«, gab Jule nervös zu bedenken.

Matze stellte sich mit dem Rücken an die Mauer und formte mit den Händen eine Räuberleiter. »Dann werden wir es immer noch rechtzeitig genug merken, um uns zu ärgern, dass wir es nicht rechtzeitig gemerkt haben«, tröstete er sie.

»Oh wie schön«, zwitscherte Jule, während sie sich an seinen Schultern festhielt, vorsichtig aufrichtete und dann nach der Leiter griff. »Das ist wirklich gut zu wissen. Vielleicht schaffe ich es sogar noch, dich zu beschimpfen, während ich runterfalle. Oh ja, ich glaube, das kriege ich auch noch hin.«

Matze hatte Recht gehabt mit seiner Vermutung. Das Flachdach war mit mehreren großen Oberlichtern versehen, durch deren schmutzige Scheiben jetzt ein rötlicher Schein drang. Als Lisa mit dem Ärmel an einem Eck den Dreck der letzten Jahre abwischte, um etwas sehen zu können, spürte sie die Vibrationen der Bässe an dem Plexiglas.

Jule und Matze machten es ihr nach und wischten sich ebenfalls ein Sichtloch sauber, durch das sie gebannt auf das Geschehen unter ihnen hinabblickten.

»Coole Party«, murmelte Matze. Ihm gefiel die Musik und die Leute da unten hatten offensichtlich Spaß, auch wenn kaum jemand tanzte.

Jule stieß ein verächtliches Schnauben aus. »Von wegen – schau dir doch mal diese Gestalten an. Als ob sie aus der Gruft gestiegen wären.«

»Aber die haben schon Spaß, wenn mich nicht alles täuscht, und der Sound ist auch stark. So Leid es mir tut, aber ich glaube, Flo geht's im Augenblick einfach ziemlich gut.«

Lisa verfolgte das Geplänkel der beiden nur mit einem halben Ohr. Sie hatte längst die Kamera aus ihrem Rucksack gezogen und filmte nun das Geschehen unter ihnen. Ein paar rote Scheinwerfer waren die einzigen Lichtquellen, aber Lisas Kamera hatte eine so hohe Lichtempfindlichkeit, dass sie auch bei vollem Zoom noch ein gutes Bild bekam.

Mit wachsendem Unbehagen ließ sie die Kamera über die tanzende Menge gleiten. Die Menschen dort unten waren ihr unheimlich. Seit sie die Türsteher das erste Mal gesehen hatte, lief ihr ein Schauer nach dem anderen den Rücken hinab. Mittlerweile war sie sich sicher, dass Jule völlig Recht gehabt hatte mit ihrem Gefühl. Irgendetwas war hier oberfaul, auch wenn sie noch nicht sagen konnte, was es war. Die Vorstellung, dass sich ihr Bruder dort unten zwischen all diesen schwarzen Gestalten befand, gefiel ihr überhaupt nicht.

Ihr Gefühl wurde zur Gewissheit, als die Musik plötzlich verklang und ein Mann auf die Bühne stieg. Scheinwerfer richteten sich auf ihn, während der Rest der Halle in Dunkelheit versank.

Der Sänger nahm das Mikro vom Ständer und ließ seinen Blick lächelnd über die Menge gleiten. In dem gleißenden Scheinwerferlicht leuchteten seine langen, schlohweißen Haare und seine blasse Haut so hell, dass es geradezu blendete. Es sah aus, als ob der Mann von innen heraus glühte. Die schwarze Lederweste und seine Tätowierungen verstärkten diesen Eindruck nur noch, indem sie sich wie Schatten abhoben.

Instinktiv zoomte Lisa auf sein Gesicht, als er die Arme von sich spreizte wie ein Gekreuzigter und den Kopf in den Nacken legte. Sie hielt den Atem an, um das Bild nicht zu verwackeln.

Der Mann schloss langsam seine Augen und sagte ein paar Worte, die aber mit Sicherheit niemand außer ihm hören konnte. Ein paar Sekunden lang stand er so da, während die Halle in erwartungsvollem Schweigen versank.

Als er die Augen wieder öffnete und ein triumphierendes Lächeln über sein Gesicht huschte, musste Lisa sich mächtig zusammenreißen, um ihre Hände am Zittern zu hindern, so sehr erschreckte sie dieser leere Blick aus völlig schwarzen Augen.

4

Das macht er immer«, sagte Rebecca, ohne Corvus aus den Augen zu lassen, der reglos auf der Bühne stand, die Arme weit gespreizt und den Kopf in den Nacken gelegt.

Nach ein paar Sekunden ließ er die Arme sinken und sah sich im Raum um. Etwas an ihm hatte sich verändert, ohne dass Flo erkennen konnte, was es war.

Dann dröhnte düsterer Gitarrensound aus den Boxen und mit dieser Begleitung begann Corvus zu sprechen. Es war kein wirklicher Gesang, sondern nur ein undeutliches Gemurmel, von dem Flo kein Wort verstand. Er konnte nicht einmal die Sprache erkennen, aber die Wirkung auf die Menschen in der Halle war unverkennbar.

Rebeccas Gesicht verzog sich vor Begeisterung zu einer gequälten Grimasse, als könnte sie es kaum ertragen, wie schön die Musik war. Irritiert sah Flo sie von der Seite an. Ihre Augen glänzten fiebrig vor Leidenschaft und sie war nicht die Einzige mit diesem Gesichtsausdruck. Alle in der Halle starrten Corvus an, als würde er im nächsten Augenblick in den Himmel auffahren.

Nur er schien nicht sofort von dem Bann ergriffen zu werden, den Corvus' Erscheinen auf der Bühne auslöste. Flos Blick fiel auf die Blondine im roten Kleid, die ihm eine halbe Stunde vorher zugeblinzelt hatte. Jetzt stand sie neben ihrem Begleiter und konnte den Blick nicht von Corvus lösen, der mit weiß glühenden Haaren dastand und in sein Mikro nuschelte.

Es dauerte eine Weile, bis Flo verstand, was so seltsam an der Musik war: Sie berührte ihn nicht, obwohl er durchaus spürte, was die anderen so packte – als ob er den Wind ums Haus heulen hörte, ohne ihn zu fühlen. Er spürte deutlich die Macht dieser Musik, aber er war immun dagegen – im Gegensatz zu allen anderen in der Halle.

»Das ist so unglaublich!«, keuchte Rebecca neben ihm. Ihr ganzer Körper schien von der Musik ergriffen zu sein, ihre Schultern zitterten und die Hände hatte sie zu Fäusten verkrampft.

Ein Schauer lief Flo über den Rücken. Plötzlich hatte er echte Angst inmitten dieser gebannten Menschenmenge.

»Der Sound ist echt gut«, murmelte er und schielte unauffällig zum Ausgang. Doch seine Überlegung, dass er sich vielleicht unter irgendeinem Vorwand aus der Halle schleichen könnte, hatte sich schnell erledigt. Die rot lackierte Stahltüre war fest verschlossen und davor standen mit verschränkten Armen die Türsteher. Der Anblick brachte Flo endgültig zu der Überzeugung, dass er sich besser nach einem Fluchtweg aus dieser Halle umsehen sollte.

Der erste Teil des Konzerts dauerte kaum eine Viertelstunde. Dann verstummte die Musik und Corvus ließ den Leuten eine Weile Zeit, um ihrer Begeisterung durch ohrenbetäubendes Gebrüll Luft zu machen. Rund um Flo und Rebecca weinten mehrere Leute vor Begeisterung.

»Danke, meine Freunde«, flüsterte Corvus schließlich ins Mikrofon. Seine Augen brannten schwarz unter den weiß glühenden Haaren, die ihm wild ins Gesicht hingen. »Wir danken euch. Eure Kraft ist unser Glück. Und nun ist es Zeit, dass wir die neuen Freunde unter uns begrüßen.«

Rebecca stieß Flo in die Seite und starrte ihn enthusiastisch an. »Jetzt bist du dran«, rief sie freudestrahlend. »Jetzt bekommst du dein Zeichen!«

»Was für ein Zeichen?«, murmelte er und sah sich in unterdrückter Hektik um, was jetzt geschehen sollte.

»Kommt zu mir, meine neuen Freunde«, flüsterte Corvus' Stimme aus den Boxen. »Kommt ins Licht und lasst euch zeichnen.«

»Na geh schon!« Rebecca zog Flo am Ärmel. »Er hat dich gerufen!«

In ihrem Blick lag ein Anflug von Misstrauen, nachdem er so zögerlich auf Corvus' Aufforderung reagierte. Widerstrebend setzte Flo sich in Bewegung. Ein paar Meter von ihm entfernt taumelte die Blondine im roten Kleid in Richtung Bühne. Die Menge machte ihr bereitwillig Platz. »Ich komme, Corvus!«, hörte Flo sie schrill rufen. »Ich komme zu dir!«

Auch vor ihm bildete sich wie von selbst eine Gasse, die sich aber hinter ihm sofort wieder schloss. Mehrfach wurde er nach vorne gestoßen, sodass er überhaupt keine Wahl mehr hatte, ob er sich nun bewegen wollte oder nicht. Trotzdem verzögerte er sein Fortkommen so sehr, dass er als Letzter an der Bühne ankam.

Mit zufriedenem Grinsen sah Corvus von oben auf das kleine Häufchen herab, das sich zu seinen Füßen sammelte und ihm die Hände entgegenstreckte. Flo machte es den anderen nach, um nicht aufzufallen. Zugleich dachte er fieberhaft darüber nach, wie er am schnellsten wieder aus der Sache herauskam.

Stumm deutete Corvus auf einen schmächtigen Jungen von vielleicht sechzehn Jahren, der als Erster die Bühne erreicht hatte. Zwei der breitschultrigen Typen packten ihn und hoben ihn mit einem Ruck zu Corvus empor. Die Knie des Jungen zitterten so stark, dass er sich kaum auf den Beinen halten konnte und leicht gebeugt vor Corvus stand.

»Wie heißt du, mein Freund?«, flüsterte Corvus. Obwohl er das Mikro nicht benutzte, konnte Flo ihn so deutlich verstehen, als hätte er ihm direkt ins Ohr gesprochen.

»Chr ... Christian«, stotterte der Junge.

Corvus legte ihm die Hände auf die Oberarme und der Körper des Jungen straffte sich, als hätte er einen elektrischen Schlag erhalten. »Willst du dem Raben dienen, Christian?«, flüsterte Corvus. »Bist du bereit, ihm dein Leben zu schenken?«

Stumm formte der Junge ein »Ja« mit den Lippen.

»Dann bist du uns willkommen«, sagte Corvus mit einem dünnen Lächeln und schloss ihn in die Arme. Dann legte er erneut den Kopf in den Nacken und flüsterte ein paar Silben. Plötzlich schrie der Junge auf und klammerte sich Hilfe suchend an ihn, während er von Krämpfen geschüttelt wurde.

Ein paar Sekunden später waren die Zuckungen vorbei und Corvus ließ ihn vorsichtig wieder los. Benommen schüttelte der Junge den Kopf und betastete seinen rechten Arm. Dann zerrte er sich heftig sein Sweatshirt über den Kopf und streifte den Ärmel des T-Shirts nach oben. Anfangs spiegelte sich ungläubiges Staunen in seiner Miene. Schließlich aber lachte er befreit auf und zeigte der Menge seine neue Tätowierung in Form eines Rabenkopfes.

Donnernder Jubel erschütterte die Luft, als der Junge voller Stolz die Arme in die Höhe riss und mit einem Satz zurück in die Menge sprang, während Corvus' Männer ein junges Mädchen auf die Bühne hoben, das tränenüberströmt war vor Begeisterung.

»Das gibt's doch nicht!«, stieß Lisa aus, ohne den Blick von ihrer Kamera zu wenden. »Das ist unmöglich!«

Matze sah erst sie und dann Jule an. »Ich habe das schon richtig mitbekommen, oder?«, fragte er stirnrunzelnd. »Dieser Typ da hat gerade dasselbe Tattoo verpasst bekommen wie Rebecca, oder?«

»Dass das ein echtes Tattoo ist, wage ich zu bezweifeln«, meinte Jule. »So schnell geht höchstens ein Rubbelbild aus 'nem Schokoriegel. Und ich glaube noch nicht mal, dass es das war.«

Matze kratzte sich nachdenklich am Kopf. »Der weißhaarige Heini da unten wirkt zumindest nicht so, als ob er besonders viel für Schokoriegel übrig hätte.«

»Auf alle Fälle ist da eine wirklich unheimliche Sache am Laufen. Ich hoffe nur, dass Flo sich von diesem Typen fern hält. Irgendwas sagt mir, dass man sich vor dem und seinen komischen Express-Tattoos in Acht nehmen sollte.«

»So schlau wird er gerade noch selber sein. Wäre nicht seine Art, sich auf so 'ne Geschichte einzulassen, wenn er sich nicht sicher ist, was dahinter steckt.«

Jule gab ein grunzendes Geräusch von sich. »Hätte ich bis

heute auch gedacht. Aber seit er diese Rebecca getroffen hat, ist er doch völlig durchgedreht.«

»Oh Gott!« Lisa sah von ihrer Kamera auf, das Gesicht kreidebleich. »Ich fürchte, Jule hat Recht«, sagte sie. »Flo steht da unten und wartet drauf, auch zu diesem Kerl da auf die Bühne zu steigen. Und Rebecca ist ein paar Meter hinter ihm und strahlt wie ein Honigkuchenpferd.«

»Was?«, schrien Jule und Matze gleichzeitig und stürzten sich wieder auf ihre jeweiligen Gucklöcher. Ein paar Sekunden später sahen sie wieder auf.

»In Ordnung, jetzt ganz ruhig bleiben«, sagte Matze nervös. Er versuchte sich vorzustellen, was Flo nun sagen würde. In solchen Situationen war normalerweise sein Freund derjenige, der die Ruhe behielt. »In Panik zu geraten wäre das Dümmste, was wir jetzt machen können«, fügte er schließlich hinzu.

Jule warf ihm einen der Blicke zu, die sie für besonders ausgesuchte Vollidioten reserviert hielt. »Ernsthaft? Dabei wollte ich gerade vorschlagen möglichst schnell in Panik auszubrechen.«

Lisa verdrehte die Augen. »Hört bitte damit auf, okay? Denkt euch lieber was aus, wie wir verhindern können, dass dieser Kerl seine Show mit Flo abzieht.«

»Wir drei alleine?«, rief Jule. »Wie stellst du dir das bitte vor? Da unten sind ungefähr zweihundert Leute, die das alles echt spitze finden. Und diese Muskelberge an der Bühne sehen genauso aus, als wären sie wegen Leuten wie uns da.«

»Und wenn ich mich da reinschleiche und Flo schnell rauszerre?«, schlug Matze vor. »In dem Moment, wo er mich sieht, wird er doch kapieren, dass er da gerade Mist baut.«

»Ich bin mir gar nicht so sicher, ob das nötig ist.« Lisa hatte sich wieder über ihre Kamera gebeugt und zoomte Flos Gesicht nahe heran. »Er schaut die ganze Zeit über die Schulter zum Ausgang. Und er wirkt auch nicht gerade so, als ob er sich besonders darauf freut, von diesem Kerl auf die Bühne geholt zu werden.«

»Und warum haut er dann nicht einfach ab?«, fragte Jule und linste durch ihr Guckloch. »Es hält ihn doch keiner fest, oder?«

»Ich glaube, er hat Angst. Mal ehrlich, die Leute da unten haben alle einen an der Waffel, dieser weißhaarige Kerl ist ungefähr so sympathisch wie das Biest aus dem Sumpf und Flo ist da mittendrin.«

Matze nickte langsam. »Mit anderen Worten: Wir müssen ihm nur die Möglichkeit geben, da abzuhauen.«

»Und zwar schnell«, ergänzte Lisa. »Es sind nur noch fünf oder sechs Leute vor ihm dran.«

Jule zog ihr Handy aus der Jacke und begann zu tippen. »Dann eben so«, sagte sie und hielt das Gerät an den Kopf. »Hallo!«, rief sie dann mit einer völlig verängstigten Stimme. »Ich brauche unbedingt Hilfe! Ich stehe hier im alten Eisenbahngelände an der Domberger Brücke. Hier sind ganz viele Männer in so schwarzen Kleidern in einer Lagerhalle und die – ich glaube, die bringen hier Menschen um! Da rufen mehrere Leute um Hilfe! Schnell, bitte schicken Sie jemand! Bitte beeilen Sie sich!« Damit legte sie auf und sah ihre Freunde an. »War das gut?«

»Ich hätte es dir geglaubt«, sagte Matze und Lisa nickte.

Jule zuckte die Schultern. »Jetzt hoffe ich nur, dass die auch wegen anonymen Anrufen losfahren.«

»Die wissen doch sowieso deine Nummer, oder?«, vermutete Matze.

»Weiß nicht. Ich hab das Ding so eingestellt, dass die Nummer nicht übermittelt wird. Keine Ahnung, ob das auch bei der Polizei reicht.«

»Wenn sie es wirklich rauskriegen wollen, dann finden sie's raus. Technisch ist das ein Kinderspiel«, erklärte Lisa abwesend. Sie starrte schon wieder auf das Display der Kamera. »Aber vor allem sollten sie sich beeilen. Flo ist gleich dran!«

»Was?« Die beiden anderen stürzten auch wieder an die sauber gewischten Stellen auf den Fenstern und starrten hinunter.

»Oh Mist, das haut nicht mehr hin!«, flüsterte Matze entsetzt, als Flo von den Gorillas hochgehoben und auf die Bühne gestellt wurde.

Erst als die Fäuste von Corvus' Leibwächtern seine Oberarme wie Schraubstöcke umklammerten, wurde Flo klar, dass er sich ein bisschen früher um seine Flucht hätte kümmern müssen. Jetzt war es dafür wohl zu spät.

Seine Füße knallten hart auf die Bühne, als die Kerle ihn ebenso plötzlich losließen, wie sie ihn gepackt und hochgehoben hatten. Das Licht der Scheinwerfer war so grell, dass es ihn traf wie ein Schlag ins Gesicht. Einen Moment lang kämpfte er geblendet um sein Gleichgewicht. Dann packte ihn eine knöcherne Hand an der Schulter und hielt ihn fest.

Flos Blick traf sich mit dem von Corvus und ihm wurde eiskalt, als er sah, dass Corvus' Augen unter den weißen Zotteln völlig schwarz geworden waren. Obwohl er noch versuchte den Reflex zu unterdrücken, zuckte er doch ein wenig vor diesem schwarzen Glühen zurück.

Der Griff der Hand an seiner Schulter verstärkte sich und Corvus legte den Kopf ein wenig schief, während er Flo durchdringend musterte. »Wie heißt du, mein Freund?«, flüsterte er.

»Flo«, brachte Flo heraus. Seltsamerweise gab ihm der Klang seiner Stimme zumindest einen Teil seines Selbstvertrauens zurück, so unsicher er sich auch anhörte. »Mein Name ist Florian«, sagte er noch einmal lauter und erwartete, dass Corvus auch ihn in diesem seltsam lauten Flüsterton fragte, ob er dem Raben dienen wollte – so wie die anderen Neulinge zuvor.

Doch stattdessen beugte sich Corvus zu ihm vor, bis seine Lippen fast Flos Ohr berührten. »Wovor hast du Angst, mein Freund?«, fragte er sanft und in seiner Stimme klang leise eine Drohung mit.

»Jetzt geht es los!«, schrie Lisa und sah sich verzweifelt um. »Verdammt, wo bleiben denn diese Polizisten?«

Matze sah sich um. Sein Blick fiel auf ein rostiges Stahlrohr, das am Rand des Daches lag. Er machte einen Satz darauf zu und hob es auf. Es war etwa einen Meter lang und sicher schwer genug für sein Vorhaben.

Noch einmal suchte er das Gelände ringsum mit den Augen ab. Ihm war, als könnte er in der Ferne bereits Sirenen heulen hören, aber zu sehen war noch nichts. Er war sich nicht sicher, ob sein Plan wirklich schlau war, aber zum Grübeln hatte er keine Zeit mehr.

»Los, runter von dem Dach!«, schnappte er. »Macht, dass

ihr von dem Schuppen wegkommt, und versteckt euch irgendwo. Hier geht's gleich rund!«

Lisa starrte ihn an. »Was hast du vor?«

»Das!«, sagte Matze, hob die Stange in die Luft und schmetterte sie mit aller Kraft auf das Fenster über der Bühne. Die Scheibe aus Plexiglas erzitterte unter dem Schlag und bekam Sprünge. »Ich versuche diesen Kerl abzulenken, bis die Polizei da ist! Und jetzt haut ab, bevor die Gorillas aufs Dach steigen!«

»Bist du irre!«, schrie Jule. »Die bringen dich um!«

Erneut ließ Matze die Stange auf die Scheibe niedersausen. Zwischen dem Fenster und dem Rahmen klaffte bereits ein Spalt. »Ich haue hier schon rechtzeitig ab! Und jetzt verschwindet, damit die Leiter frei ist, wenn ich komme!«

Lisa starrte ihn an, während er zum dritten Schlag ausholte. Als die Stange auf die Scheibe krachte, hatte sie ihre Entscheidung getroffen. »Komm schon, Jule!«, sagte sie und zerrte ihre Freundin entschlossen hinter sich her. »Matze hat Recht. Wir müssen hier weg. Also mach hin!«

Widerstrebend folgte Jule ihr zur Leiter. »Und was, wenn sie hier sind, bevor er unten ist?«

»Dann wäre es umso blöder, wenn wir uns gleich mit erwischen lassen! Also los!«

Während die Mädchen hastig die Leiter hinunterkletterten, schmetterte Matze die Stange zum vierten Mal auf das Fenster nieder. Diesmal gab der Rahmen krachend nach. Wild kreiselnd flog das Fenster in die Halle hinunter.

Allerdings hatte Matze nicht damit gerechnet, dass sein Schlag so wenig Widerstand finden würde. Eine Sekunde lang kämpfte er um sein Gleichgewicht, während fünfzehn

Meter unter ihm das Fenster mit ohrenbetäubendem Donner direkt neben dem weißhaarigen Kerl auf die Bühne krachte.

Die Menge in der Halle schrie entsetzt auf, während Matze unendlich langsam, wie in Zeitlupe, vornüber in die leere Fensteröffnung stürzte.

Die knochigen Finger bohrten sich schmerzhaft in Flos Schultern – wie die Krallen eines Greifvogels. Er musste sich zusammenreißen, um nicht mit aller Kraft gegen den Griff anzukämpfen. Aber das wäre wohl wenig sinnvoll, solange er von den Muskelmännern unter ihm mit Argusaugen beobachtet wurde.

»Du willst doch dem Raben dienen oder nicht?«, flüsterte Corvus ihm ins Ohr. »Oder etwa nicht?«

Flo hatte keine Ahnung, was er tun sollte. »Doch, natürlich«, brachte er schließlich heraus und bemühte sich um denselben, blödsinnigen Tonfall, in dem die anderen vor ihm alle erklärt hatten dem Raben dienen zu wollen.

Irgendwo über ihnen ertönte ein dumpfes Scheppern. Irritiert suchte Flo die Decke mit den Augen ab.

Corvus schien es nicht mitbekommen zu haben. »Was hast du denn?«, fragte er, während es ein zweites Mal über ihnen krachte.

»Ich bin nur so – äh«, murmelte Flo und überlegte fieberhaft, was dort oben los war.

»Überwältigt?«, vermutete Corvus und lächelte ihn milde an. Es schepperte erneut. Diesmal bemerkten es auch die Leibwächter am Bühnenrand. Sie starrten nach oben und tauschten Blicke untereinander aus.

Corvus nahm Flos Kopf zwischen seine Hände und zwang ihn seinen Blick zu erwidern. Voller Grauen starrte Flo in die schwarz glänzenden, irislosen Augen. »Ich frage dich noch einmal: Willst du dem Raben dienen, mein Freund?«

Flo kam nicht mehr zu einer Antwort. »Vorsicht!«, schrie er und riss sich los, während die gewaltige Plexiglasscheibe täuschend langsam auf sie herabstürzte und nur einen Schritt von Corvus entfernt auf den Boden krachte, wo sie in tausend Teile zerplatzte.

Ungläubig starrte Flo zur Decke empor. Am Rand der Fensteröffnung hob sich gegen den schwarzen Nachthimmel eine schwankende Gestalt ab, die ihm nur zu bekannt vorkam. Mit den Armen rudernd, kämpfte Matze einen Augenblick lang noch um sein Gleichgewicht, bevor er vornüberstürzte.

Im letzten Augenblick schaffte er es, sich am Rand des Fensters festzuhalten. Pendelnd blieb er unter der Decke hängen, während seine Füße in der leeren Luft unter ihm verzweifelt nach einem Halt suchten.

Flo stockte der Atem. Einen quälend langen Augenblick verstand er die Welt nicht mehr, doch dann, fast nebenbei, wurde ihm klar, dass gerade die gesamte Halle nach oben sah. Auf ihn achtete in diesem Moment niemand. Selbst Corvus blickte hinauf.

Flo wusste, dass sein Freund stark genug war, um sich wieder hochzuziehen. Unauffällig ließ er sich von der Bühne gleiten und schlüpfte durch die Menge in Richtung Ausgang, während sich Matze fünfzehn Meter weiter oben mühsam auf das Dach zurückzog.

5

»Holt ihn euch!«, flüsterte Corvus' Stimme aus den Boxen, als Flo gerade die Hälfte der Halle hinter sich gelassen hatte.

Hastig sah er sich nach Verfolgern um, doch nach dem ersten Schreck begriff er, dass Corvus nicht ihn gemeint hatte. Die Türsteher machten sich mit grimmigem Eifer daran, das verschlossene Tor wieder zu öffnen. Bis auf Flo bemerkte das kaum jemand. Alles glotzte immer noch zu dem zerschlagenen Fenster hoch, sodass er sich praktisch unbemerkt zum Ausgang vorarbeiten konnte.

Als sich die rote Stahltüre öffnete und die Muskelmänner hinausstürmten, war Flo nur noch wenige Meter entfernt. Ohne sich noch einmal umzusehen, lief er in die Nacht hinaus. Die plötzliche Kälte und Stille traf ihn wie ein Schock. Einen Moment lang stand er nur da und sah sich um.

Die Türsteher rannten an der Halle entlang, wobei sie immer wieder mit ihren Taschenlampen zum Dach hinaufleuchteten. Erst jetzt wurde Flo wirklich klar, dass diese Kerle gerade hinter Matze herjagten. Stolpernd rannte er seinerseits hinter ihnen her, um seinem Freund zu Hilfe zu eilen. Irgendwo in der Nähe heulten Polizeisirenen und aus den Augenwinkeln sah er Blaulichter blitzen.

Kurz bevor er die Rückseite der Halle erreichte, stellte sich ihm plötzlich jemand in den Weg und er stieß einen Schrei aus.

»Verdammt, halt den Mund!«, fauchte Jule wütend und packte ihn am Handgelenk. »Diese Typen hören dich doch! Los, komm mit!«

Damit zerrte sie ihn in Richtung eines alten Eisenbahnwaggons. Verwirrt stolperte Flo hinter ihr her und beschloss mit einem innerlichen Schulterzucken, dass er das weitere Geschehen erst einmal auf sich zukommen lassen würde. Er hatte völlig den Überblick verloren.

Der Schock saß Matze so tief in den Gliedern, dass er nur eine leichte Verwunderung empfand, während er sich schlafwandlerisch die Leiter hinunterhangelte. Er hatte sich die Handflächen aufgeschnitten, als er sich an dem scharfkantigen Fensterrahmen festgehalten hatte, aber er spürte die Verletzungen kaum. Wie in einem Traum stieg er nach unten, Sprosse für Sprosse, ohne sich dessen überhaupt richtig bewusst zu sein.

Überall um die Halle herum blitzten Blaulichter und heulten Sirenen durch die Nacht, aber Matze nahm das kaum wahr. Er befand sich vielleicht noch zwei Meter über dem Boden, als er den Halt verlor und fiel.

Zum Glück kam er auf nassem Erdboden auf, der den Sturz abfederte.

Plötzlich stand Lisa neben ihm und packte ihn an der Schulter. »Na los, steh auf!«, stieß sie hervor. »Die Typen sind gleich da! Jetzt komm schon!«

»Himmel, das war knapp«, erzählte Matze in kindlichem Ernst und sah mit großen Augen zu ihr auf. »Ohgottogottogott, fast wäre ich runtergefallen! Plumps!«

»Verdammt, beeil dich!«, flehte Lisa, während sie ihn mit aller Kraft hochzog. »Bitte mach schnell!«

»Die haben auch alle gedacht, dass ich runterfalle, aber ich hab mich festgehalten«, vervollständigte Matze gewissenhaft seinen Bericht. »Hui!«

Lisa gab ihm eine Ohrfeige und erschrak dann selbst darüber. »Oh Gott, tut mir Leid! Aber jetzt komm endlich! Bitte!« Sie zerrte so heftig an seinem Arm, dass er beinahe wieder hingefallen wäre.

Im letzten Moment ließen sich seine Beine dann doch irgendwie darauf ein, sich wieder zu bewegen, und gemeinsam stolperten sie davon. Sie erreichten den Schatten einer kleinen Mauer, gerade als die Kerle mit Taschenlampen um die Ecke der Halle bogen und wild um sich leuchteten.

»Okay«, flüsterte Lisa, setzte sich hin und schloss für einen Moment die Augen. »So weit, so gut.«

Matze stand neben ihr und lehnte sich mit beiden Händen gegen die Mauer. Langsam holte ihn der Schrecken der vergangenen Sekunden ein und seine Knie begannen zu zittern. Sobald er die Augen schloss, sah er wieder den leeren Fensterrahmen vor sich, die schier endlose Tiefe unter ihm und wie er langsam und unaufhaltsam hineinkippte.

Das Heulen der Sirenen wurde immer lauter und rund um die Halle schnitten die scharfen Lichtkegel von Autoscheinwerfern durch die Nacht. Lautes Gebrüll ertönte, als die Polizisten aus ihren Streifenwagen sprangen und wahllos Leute verhafteten.

Während er darauf wartete, dass seine Knie zu zittern aufhörten, spähte Matze um die Mauer und beobachtete das Ganze. Offenbar hatte Jule sehr überzeugend am Telefon geklungen. Rund um die Halle sammelte sich mehr als ein Dutzend Streifenwagen und immer noch näherten sich weitere Sirenen aus allen Richtungen. »Wo sind Flo und Jule?«, fragte Matze.

Lisa deutete auf eine Stelle neben der Halle. »Da drüben, bei den Waggons. Wir sollten sie abholen und dann verschwinden, bevor die Polizei das ganze Gelände abriegelt.«

»Wollen wir nicht auf Rebecca warten?« Lisa starrte Matze so unheimlich an, dass er hastig den Kopf schüttelte. »Keine Panik, war nur 'n Witz.«

Eine Sekunde lang dachte Lisa darüber nach, ihn ordentlich zu verprügeln, entschied sich aber dann doch widerstrebend dagegen und marschierte los, ohne sich weiter um ihn zu kümmern.

»Wo bleiben die denn, verdammt!«, schimpfte Jule leise und spähte unter dem Waggon hervor, unter dem sie sich versteckt hatten. »Ich habe doch nicht die Polizei gerufen, damit die uns am Ende noch verhaften!«

»Das wäre mir fast schon egal«, erwiderte Flo schwach, der immer noch nicht ganz glauben konnte, dass die anderen plötzlich aufgetaucht waren. »Eben noch hätte ich dafür sogar einiges gegeben – zumindest bis ihr aufgetaucht seid. Apropos: Was macht ihr eigentlich hier?«

»Wir wollten dich retten! Was fragst du denn so blöd?«

Flo starrte sie von der Seite an. »Und woher wusstet ihr, dass ich gerettet werden muss?«

»Das war Lisas Idee. Sie hat beschlossen, dass wir dich und Rebecca verfolgen«, log Jule unbekümmert. »Unter Geschwistern geht das in Ordnung, hat sie gesagt. Und Matze und ich wollten sie nicht alleine lassen, weil wir uns dann um euch beide Sorgen gemacht hätten.«

»Aha«, sagte Flo schwach. »Moralisch gesehen, seid ihr

echt unter aller Kanone, aber ich bin trotzdem saufroh, dass ihr da seid.«

Jule nickte zufrieden. »Na also. Und jetzt ist wenigstens bewiesen, dass ich Recht hatte, was unsere liebe Rebecca angeht. Du musst zugeben, dass ich ...«

»Psst! Da kommt wer«, unterbrach Flo ihre Siegesrede, als sich Schritte dem Waggon näherten.

Ein paar Sekunden lang hielten sie den Atem an. Dann erklang Lisas Stimme: »Flo? Jule? Wo seid ihr denn?«

»Hier unten«, zischte Jule. »Matze? Alles klar?«

»Äh, ja. Ich bin okay, darf nur die Augen nicht zumachen. Dann falle ich immer wieder runter.«

Jule runzelte die Stirn. »Wie bitte?«

»Verschieben wir doch die Erklärungen auf später, ja?«, schlug Lisa hastig vor. »Die Polizisten durchsuchen gerade das ganze Gelände, glaube ich. Wir sollten machen, dass wir hier wegkommen, wenn wir nicht in Handschellen zu Hause abgeliefert werden wollen.«

Matze runzelte die Stirn. »Das würde Paul nicht gefallen«, vermutete er.

»In Ordnung«, sagte Flo knapp und krabbelte unter dem Waggon hervor. »Also los.«

Rasch liefen sie über das Gelände, bis der Zaun in Sichtweite war. Am Tor standen drei Streifenwagen und mehrere Polizisten. Die Beamten befassten sich gerade mit ein paar Leuten, die offenbar auch auf der Party gewesen waren und genau wie die Freunde versucht hatten das Gelände zu verlassen.

»Okay, wir müssen woanders raus«, brummte Flo und bog schnell ab, bevor noch einer der Polizisten auf sie aufmerksam wurde. Sie bogen in eine der überwucherten Straßen ein, die zwischen den verfallenen Bürogebäuden am Rand des Eisenbahngebiets entlangführten. Ein paar Minuten später erreichten sie den Zaun. Er war etwa zweieinhalb Meter hoch und oben mit einem rostigen Stacheldrahtverhau bewehrt. Ihn ohne Hilfe zu übersteigen, war schier unmöglich.

»Und wie habt ihr euch das jetzt vorgestellt?«, fragte Lisa zweifelnd.

Flo zuckte die Achseln. »Ich schlage vor, wir gehen erst mal weiter und suchen nach einer Stelle, wo wir leichter drüberkommen.«

Niemand hatte eine bessere Idee und so marschierten sie weiter.

»Hier sieht's doch ganz gut aus, oder?«, meinte Matze, als sie eine Viertelstunde später auf einen niedrigen Bungalow stießen, der direkt an den Zaun grenzte. »Wenn wir da aufs Dach klettern, können wir einfach rüberspringen.«

»Ich verstehe nicht, was du daran findest, dauernd auf irgendwelche Dächer zu klettern«, brummelte Jule. »Ich hatte davon heute schon mehr als genug.«

Matze hob abwehrend die Hände. »Oh, ich bin für Vorschläge offen«, beteuerte er.

»Schon in Ordnung, mir fällt ja auch nichts anderes ein.« Jule seufzte resigniert. »Und wie kommen wir da hoch?«

Am Ende des Bungalows fanden sie einen Umspannkasten, von dem aus sie auf das Dach aus Wellblech gelangten. Das Blech war mit einer dicken Moosschicht bedeckt und nach dem vielen Regen der letzten Tage ungeheuer glitschig. Vorsichtig, die Arme ausgestreckt wie Seiltänzer, tapsten die Freunde in Richtung Zaun. Als sie schließlich das Dachende erreicht hatten, sahen alle vier nachdenklich nach unten.

»Von unten wirkte das irgendwie nicht so hoch«, sprach Lisa es schließlich aus.

»Das ist doch immer so«, beruhigte Flo seine Schwester.

»Und was ändert das?«

»Eigentlich nichts. Sieht echt verflucht hoch aus.«

Jule beugte sich vorsichtig über die Kante des Daches und spähte hinunter. »Da muss man ganz schön weit springen, um nicht in dem Stacheldraht zu landen«, bemerkte sie.

»Jetzt macht euch mal nicht ins Hemd«, sagte Matze in aufmunterndem Tonfall. »Ich hab aber auch schon mal gesehen, wie einer im Schwimmbad vom Drei-Meter-Brett gesprungen ist. Nicht ins Wasser, sondern auf der anderen Seite, so die Leiter runter. Er wollte hinter einem her, der ihn geärgert hatte.«

»Und? Hat er sich was gebrochen?«, fragte Jule erwartungsvoll.

»Keine Ahnung. Der Bademeister hat uns verscheucht, als der Krankenwagen gekommen ist.«

Flo warf ihm einen verzweifelten Blick zu. »Sehr ermutigend, danke.«

»Der Typ ist eben blöd aufgekommen«, versuchte Matze die Situation zu retten.

Lisa musterte ihn stirnrunzelnd. »Und wer sagt, dass wir nicht auch blöd aufkommen?«

»Ich versuch das jetzt«, beendete Flo hastig die Diskussion.

Die anderen traten ein Stück zurück, als er einen kurzen

Anlauf nahm und sprang. Mit einem halben Meter Abstand flog er über den Stacheldraht hinweg. Er rollte sich über die Schulter ab, als er aufkam, und stand dann sofort wieder auf.

»Ist echt nicht so schlimm«, beteuerte er und klatschte sich den Staub von den Händen. »Das kommt einem wirklich viel tiefer vor, als es ist.«

Lisa zog ihren Rucksack mit ihrer wertvollen Kamera aus und warf ihn Flo zu, der ihn vorsichtig auffing und dann sanft beiseite stellte. Dann erst nahm sie Anlauf und sprang. Nachdem auch sie wieder aufgestanden war, machte Jule sich bereit.

»So 'nen Stunt mache ich nie wieder!«, schwor sie sich leise, bevor sie über den Zaun hinwegsetzte. Matze folgte ihr und schaffte es sogar ohne abrollen.

Als alle heil auf der Straße standen, atmete Flo tief durch. »Gott sei Dank«, sagte er erleichtert. »Dann können wir ja jetzt endlich nach Hause.«

Jule sah auf ihre Uhr. »Oh, und wir können sogar noch knapp drei Stunden vor der Erdkundearbeit schlafen. Ist das nicht toll?«

»Die Arbeit!«, ächzte Matze. »Oh Gott, das stehe ich nicht durch!«

Müde gab Flo ihm einen Klaps auf die Schulter. »Das bekommen wir schon hin. Ich habe das Zeug ganz gut drauf. Dann helfe ich dir eben.«

»Ich glaube, wir haben größere Probleme als die Arbeit«, flüsterte Lisa tonlos. Sie starrte zum Dach des Bungalows hoch, von dem aus sie über den Zaun gesprungen waren.

Die anderen folgten ihrem Blick und traten unwillkürlich

alle ein paar Schritte zurück, als sie die Raben sahen. Bestimmt über hundert Vögel saßen dort oben, dicht aneinander gedrängt, die schwarzen Krallenfüße um den Rand der Regenrinne geklammert. Völlig regungslos, mit bösen, schwarzen Augen starrten die Tiere auf die Freunde herunter. Es waren die größten Rabenvögel, die die Freunde je gesehen hatten, fast doppelt so groß wie die Krähen, die man normalerweise in der Stadt beobachten konnte.

Keiner der Freunde hatte die Tiere kommen hören und auch jetzt noch war das einzige Geräusch der Tiere das fast unhörbare Kratzen der Krallen im Blech der Regenrinne.

»Ach du Scheiße!«, flüsterte Jule tonlos. »Was sind denn das für Biester?«

Matze kniff die Augen zusammen. »Seht ihr das Vieh in der Mitte? Sehe ich das richtig, dass sein Kopf . . .«

». . .völlig weiß ist?«, vollendete Lisa den Satz. »Ich fürchte, ja.«

Gebannt starrten die Kinder den Vogel an, der genau in der Mitte der Regenrinne saß. Wie bei den anderen Tieren war sein Körper schwarz, nur die Federn am Kopf leuchteten in strahlendem Weiß. Flo kamen die schwarzen Knopfaugen des Raben seltsam bekannt vor.

»Na kommt, wir gehen ein Stück«, schlug er mit eiserner Ruhe vor. »Dahinten ist die U-Bahn. Vielleicht erwischen wir ja eine Nachtlinie.«

Langsam wandten sich die Freunde um und gingen los. Immer wieder sahen sie sich unbehaglich um. Völlig regungslos blieben die Vögel sitzen. Nur ihre durchdringenden Blicke folgten den vier Menschen, die mit erzwungener Gelassenheit vor ihnen Reißaus nahmen. Erst als die Freunde den Eingang zum U-Bahnhof erreichten und die Rolltreppe langsam anfuhr, stoben die Vögel auseinander und verschwanden lautlos im düsteren Nachthimmel.

In stummer Übereinkunft wanderten die Freunde bis auf den Bahnsteig und hielten erst an, als sie eine der Bänke erreichten. Erleichtert ließen sie sich auf die Plastiksitze fallen und streckten die Beine aus.

»Ich glaube ehrlich gesagt nicht, dass ich heute noch in der Lage bin, eine Erdkundearbeit zu schreiben«, ächzte Jule. »Des Weiteren gebe ich zu Protokoll, dass Flo an allem schuld ist.«

Flo gab ein Grunzen von sich. »Wenn du mir nachspionieren musst, bist du selber schuld – war trotzdem echt nett von euch. Ich hab schon geglaubt, dass ich da nicht mehr rauskomme.«

»Zumindest nicht ohne Raben am Arm«, ergänzte Lisa.

Flo sah seine Schwester überrascht an. »Warst du auch oben auf dem Dach?«

»Wir waren alle da oben«, sagte Jule gähnend.

»Okay, ich sehe schon: Wir sollten uns endlich mal erzählen, was wir so erlebt haben.«

Matze nickte. »Allerdings, und du fängst an.«

»Von mir aus, aber wenn ihr einschlaft, erzähle ich's nicht noch mal.«

Obwohl es über eine Stunde dauerte, bis die nächste U-Bahn kam, hatten die Freunde mehr als genug damit zu tun, sich ihre jeweilige Geschichte zu erzählen. Als Flo schilderte, wie Matze plötzlich durch die leere Fensteröffnung gefallen war und sich erst in letzter Sekunde am Rahmen hatte festhalten können, wurde den Mädchen im Nachhinein fast schlecht vor Angst und erst recht, als Matze ihnen seine aufgeschnittenen Hände zeigte.

Schließlich rauschte der leere Frühzug in den Bahnhof. Müde stemmten sich die Freunde von der Bank hoch und schleppten sich in den Waggon. Ihre Köpfe waren so voll mit den Erlebnissen der letzten Stunden, dass sie kaum noch einen klaren Gedanken fassen konnten. Schweigend saßen sie da und starrten aus den Fenstern die vorbeiziehende Tunnelwand an.

Als sie schließlich aus dem U-Bahnhof kamen, der in der Nähe des Steinbach-Hauses lag, dämmerte es bereits. Sie waren so erschöpft, dass sie es schon als übermäßige Anstrengung empfanden, die Feuertreppe hinaufsteigen und durch das Fenster in den Gang klettern zu müssen.

Vorsichtshalber verschloss Jule diesmal das Fenster hinter sich, sobald sie im Haus waren. Rebecca war noch nicht zurück, wie ein kurzer Blick in ihr Zimmer gezeigt hatte. Wenn sie nach Hause kam, musste sie eben die Türe nehmen wie jeder andere auch. Der Gedanke bescherte Jule ein grimmiges Lächeln, als sie sich ins Bett legte, um wenigstens noch eineinhalb Stunden Schlaf zu bekommen.

6 | Doch Rebecca kam in dieser Nacht nicht mehr nach Hause. Die Erzieher bemerkten ihr Fehlen am nächsten Morgen beim Frühstück. Die Aufregung hielt sich in Grenzen; schließlich kam es immer wieder vor, dass Neuankömmlinge eine Weile brauchten, bis sie sich eingewöhnten und bemerkten, dass es im Steinbach-Haus durchaus auszuhalten war. Paul fragte zwar, ob jemand etwas mitbekommen hätte, aber als sich niemand meldete, rief der Heimleiter achselzuckend bei der Polizei an und meldete Rebecca als vermisst.

Die Freunde warfen sich zwar Blicke über ihre Müslischüsseln hinweg zu, sagten aber nichts dazu. Dieses Thema wollten sie nicht unbedingt im Speisesaal besprechen und außerdem waren sie allesamt viel zu müde.

Wie kaum anders zu erwarten war, geriet die Erdkundearbeit für die Freunde zu einer vollkommenen Katastrophe. Selbst Lisa war so müde, dass sie kaum einen zusammenhängenden Satz zu Papier brachte, obwohl sie sich wirklich mit dem Stoff beschäftigt hatte. Wie die Zombies saßen die Freunde den restlichen Vormittag da und mussten ihre ganze Willenskraft darauf verwenden, nicht einfach einzuschlafen. Als die Schule um eins endlich aus war, schleppten sie sich heilfroh nach Hause und fielen sofort wieder in ihre Betten.

Erst zum Abendessen standen sie wieder auf, und während rund um sie herum die anderen sich aufgekratzt ihre Tageserlebnisse berichteten, saßen sie in Gedanken da und warteten darauf, endlich alleine zu sein. Nach dem Essen fragte Paul noch einmal, ob nicht jemand eine Ahnung hätte, wo Rebecca stecken könnte. Bei den Freunden regte sich leise ihr schlechtes Gewissen, als sie die zunehmende Sorge des Heimleiters bemerkten. Aber wenn sie auch eine Ahnung hatten, wo Rebecca stecken könnte, so hätten sie Paul mit ihrem Wissen schwerlich beruhigen können. Also sagten sie nichts und trafen sich bei den Mädchen im Zimmer, um die Erlebnisse der Nacht endlich in Ruhe besprechen zu können.

»Okay, was machen wir jetzt?«, fragte Jule und warf sich auf ihr Bett. »Was denkt ihr, wo Rebecca jetzt steckt?«

Matze zuckte die Schultern. »Bei diesem weißhaarigen Kerl wahrscheinlich, oder? Wie war noch mal sein Name?«

»Corvus.« Flo schaltete das Radio ein und suchte den Nachrichtensender. »Ich möchte mal hören, ob es zu gestern eine Meldung gibt. So viele Polizisten wie da unterwegs waren, sollte es eigentlich in den Nachrichten erwähnt werden.«

»Vielleicht ist Rebecca ja verhaftet worden?«, dachte Jule laut nach.

»Dann hätte die Polizei sie aber schon wieder hier abgeliefert oder Paul zumindest gesagt, wo sie ist.«

Matze kratzte sich am Kopf. »Mit anderen Worten: Sie hat es auch geschafft, irgendwie aus diesem Gelände zu verschwinden.«

»Die Frage ist natürlich, wie ...« Flo unterbrach sich und stellte das Radio lauter, als die Lokalnachrichten kamen.

Tatsächlich wurde der Vorfall erwähnt. Die Meldung besagte, dass einige Jugendliche eine illegale Party auf dem Bahngelände gefeiert hätten, dass die Polizei mehrere Personen verhaftet hätte, aber die Veranstalter nicht festzustellen gewesen seien. Mehrere der Jugendlichen hätten offenbar unter starkem Drogeneinfluss gestanden und Wahnvorstellungen gehabt.

Damit war die Meldung beendet und der Sprecher leitete zum Sport über.

Eine Weile sagte niemand etwas, weil sich keiner so recht traute seine Gedanken auszusprechen. Schließlich übernahm Lisa das.

»Mich würde mal interessieren, was ihr von den Raben haltet, die uns gestern beobachtet haben«, fragte sie, ohne vom Monitor aufzusehen. Sie hatte sich sofort daran gemacht, die Videoaufnahmen der Nacht auf ihre Festplatte zu überspielen. »Bin ich irre, wenn ich vermute, dass das dieser Corvus und seine Freunde waren, oder sind wir uns einig?«

»Zumindest habe ich noch nie gesehen, dass sich normale Raben so aufführen«, stimmte Matze vorsichtig zu. »Ganz abgesehen davon, dass ich noch nie einen Raben mit weißem Kopf gesehen habe.«

»Das könnte auch eine normale Dings sein«, gab Jule zu bedenken. »Eine – na? Veränderung des Chromosomenzeugs da.«

»Mutation«, half Flo. »Schon möglich. Aber ich glaube einfach nicht, dass wir es mit so was zu tun haben. Ich denke, dass Lisa Recht hat.«

Jule schnaubte. »Ich auch, aber gefallen tut es mir nicht besonders.«

»Hat ja auch niemand verlangt«, beruhigte Matze sie und

sah Flo und Lisa an. »Also gut, das waren keine Raben, sondern Corvus und seine Jungs. Aber davon mal abgesehen: Womit haben wir es zu tun?«

»Ich habe keine Ahnung«, gab Flo zu. »Jedenfalls hätte ich nichts dagegen, wenn der gute Jonath mal wieder was von sich hören ließe.«

Die Bemerkung ließ alle in nachdenkliches Schweigen versinken. Seit ihrem letzten Abenteuer im Sommer hatten sie nichts mehr von dem geheimnisvollen Schattenjäger gehört. Damals hatte er ihnen versprochen sich zu melden, sobald er wieder in der Stadt wäre.

Jule seufzte. »Der könnte uns vermutlich wenigstens sagen, wer oder was dieser Corvus ist.«

»Denkt ihr, er ist ein Dämon – so wie der Fotograf damals?«, fragte Matze.

»Auf alle Fälle verwette ich meinen Hintern darauf, dass er aus der Schattenwelt kommt«, erklärte Jule bestimmt.

Matze runzelte die Stirn. »Und wer bitte schön will um deinen Hintern wetten?«

»Ich zeig's dir«, sagte Jule freundlich und stürzte sich auf ihn.

»Hört auf, das ist doch albern«, unterbrach Lisa die Rauferei. »Außerdem ist das mein Bett, was da gerade unter euch den Geist aufgibt. Schaut lieber mal hierher.«

Auf dem Monitor erschien der Film, den sie in der Nacht vom Dach der Halle aus gedreht hatte. Mit ein paar Tricks hatte Lisa die Qualität noch einmal erhöht und Flo erkannte sich in der Menge sofort wieder.

»Ich schaue nicht wirklich glücklich aus«, stellte er fest. »Verdammt, hatte ich einen Bammel!«

Matze stützte sich auf seine Schulter, um besser zu sehen. »Da bist du aber wirklich der Einzige. Die anderen wirken, als gäbe es gleich die Weihnachtsbescherung.«

Der Film zeigte, wie Corvus auf die Bühne stieg, seine Arme ausstreckte und den Kopf in den Nacken legte und etwas sagte. Hier hatte Lisa besonders nah herangezoomt. Das bleiche Gesicht des Mannes füllte den Bildschirm völlig aus, man konnte jede Bewegung seiner Lippen sehen.

»Jetzt müsste man halt verstehen können, was der Kerl erzählt«, meinte Jule.

Matze kniff die Augen zusammen. »Sieht aus, als ob er betet oder so was.«

»Der bereitet sich selber darauf vor, seine Show abzuziehen«, sagte Lisa, die am besten von allen wusste, was gleich kommen würde.

Obwohl es nur eine Aufnahme war, zuckten alle zusammen, als Corvus die Lider wieder aufschlug und seine Augen vollkommen schwarz geworden waren. Selbst Lisa erschrak, obwohl sie diesen Anblick ja schon erwartet hatte.

Dann begann der weißhaarige Mann mit seinem seltsamen Sprechgesang und innerhalb von Sekunden stand die Menge vollkommen in seinem Bann.

»Verdammt gruselig«, murmelte Flo, der sich natürlich am besten an die Wirkung der Musik erinnern konnte. »Es war echt so, als wären alle plötzlich voll auf Drogen oder was weiß ich. Habt ihr nichts davon gespürt?«

»Der Sound hatte echt irgendwas Seltsames«, meinte Jule nach kurzem Überlegen. »Ihr kennt das doch, wenn einem ein Lied so gut gefällt, dass einem ein Schauer über den Rücken läuft? So ähnlich ging's mir bei der Musik auch, nur dass ...«

»Nur dass der Schauer nicht dir über den Rücken gelaufen ist, sondern allen anderen«, ergänzte Matze und nickte. »Hab ich auch gespürt.«

»Also gut: Dieser Kerl schafft es irgendwie, die Leute mit seiner Musik zu hypnotisieren«, fasste Flo zusammen. »Das finde ich noch nicht so schlimm. Schaut euch ein normales Konzert an, da drehen die Leute teilweise genauso durch.«

Lisa hatte den Film ein wenig vorgespult und deutete nun auf den Monitor. »Aber das da passiert eher selten bei normalen Konzerten, denke ich.«

Schweigend beobachteten die Freunde, wie Corvus sich daran machte, den Neulingen die Rabentätowierung zu verpassen. Flo bekam eine Gänsehaut, als er sich an den Blick dieser schwarzen Augen erinnerte, die nur wenige Zentimeter von seinem Gesicht entfernt waren.

»Ich bin nur froh, dass Jonath mit uns im Sommer dieses Ritual durchgezogen hat«, sagte Matze schaudernd, als der Film zu Ende war. »Sonst wären wir am Ende auch auf diesen Hokuspokus abgefahren.«

Die anderen nickten schweigend. Die Vorstellung, genau wie die anderen Menschen in der Halle von Corvus' Zauber gefangen zu werden, war zu erschreckend.

»Und was machen wir jetzt?«, fragte Lisa. »Zumindest, solange wir Jonath nicht erreichen.«

Flo stand auf und setzte sich vor die Stereoanlage. »Irgendwie müssen wir herausfinden, wie wir diesen Kerl unschädlich machen können«, meinte er abwesend und sah die CDs der Mädchen durch. »Das dürfte auch der Weg sein, um Rebecca vor ihm zu retten.«

»Dann sollten wir es einfach bleiben lassen«, schlug Jule

gleichgültig vor. »Wegen der blöden Kuh werde ich mich jedenfalls nicht mit irgendwelchen völlig durchgeknallten Freaks aus der Schattenwelt rumschlagen!«

Flo warf ihr einen müden Blick zu. »Du gehst mir auf die Nerven«, sagte er. »Wenn du mit der Sache nichts zu tun haben willst, dann halt dich raus! Aber dann verkneif dir gefälligst auch deine Kommentare.«

Jule lief rot an vor Wut. »Wie du willst! Aber erinnere dich mal dran, dass diese Tussi versucht hat dich in diesen Mist mit reinzuziehen! Ohne uns wärst du da nicht mehr rausgekommen, verdammt! Wenn du sie jetzt retten willst – bitte schön!«

»Herrje, denkst du etwa, dass Rebecca sich das Ganze ausgesucht hat? Die ist doch völlig in der Gewalt von diesem Corvus.«

»Hat Anke nicht mal mit Taubstummen gearbeitet?«

Alles wandte sich Lisa zu, die nachdenklich auf den Bildschirm starrte, wo sie den Film noch einmal ohne Ton laufen ließ. Als plötzlich völlige Ruhe herrschte, sah sie überrascht zu den anderen auf. Erst jetzt schien ihr klar zu werden, dass sie gerade laut gedacht hatte.

»Wie bitte?«, fragte Matze vorsichtig nach.

»Anke hat doch mal in einem Heim für Taubstumme gearbeitet, oder?«, wiederholte Lisa ihre Frage und die anderen nickten. »Ich habe bloß darüber gegrübelt, wie wir etwas über Corvus herausfinden könnten. Und dabei ist mir gekommen, dass wir doch mal Anke fragen könnten, was der Kerl sagt, bevor seine Augen schwarz werden.«

Matze begriff es nicht gleich. »Woher soll Anke das denn wissen?«, fragte er verwirrt.

Doch keiner achtete auf ihn. »Das ist ja eine Wahnsinnsidee!«, lobte Flo seine Schwester ernsthaft beeindruckt. »Da wäre ich nie draufgekommen.«

»Hallo?«, meldete Matze sich noch einmal. »Kann mir mal jemand sagen, woher Anke das wissen soll?«

»Können wir ihr das denn zeigen?«, gab Jule zu bedenken. »Ich glaube nicht, dass ihr das gefällt, mit den schwarzen Augen und so.«

Lisa wandte sich mit Feuereifer dem Rechner zu und startete ihr Programm zur Videobearbeitung. »Das kann ich rausschneiden, kein Problem. Wir sagen ihr einfach, dass es eine Videosequenz aus einem Spiel ist und dass wir halt gerne wüssten, was der Kerl so erzählt.«

»Hallo!«, brüllte Matze so laut, dass alle zusammenzuckten. »Hört mit der Geheimniskrämerei auf oder ich beiß euch!«, fügte er etwas ruhiger hinzu.

Jule zog eine genervte Grimasse. »Anke kann Lippen lesen, du Genie. Sie muss den Kerl nicht hören, um zu wissen, was er sagt. Alles klar jetzt?«

Eine halbe Sekunde später war der Groschen auch bei Matze gefallen. »Hey Lisa!«, rief er staunend. »Das ist ja echt 'ne coole Idee! Da wäre ich nicht draufgekommen.«

»Kein Wunder«, bemerkte Jule trocken. »Du bist noch nicht mal draufgekommen, nachdem sie es gesagt hat.«

Flo stand auf. »Ich schau mal, ob ich Anke auftreibe. Oder brauchst du noch lange, Schwesterherz?«

»Bin in zwei Sekunden fertig«, murmelte Lisa abwesend und Flo ging los.

»Die beiden Herren sollten sich übrigens dann langsam mal

nach unten verdrücken«, bellte Anke mit ihrer Feldwebelstimme, sobald sie hinter Flo ins Zimmer trat. »Sonst noch was? Nein? In Ordnung – Gute Nacht.« Sie wandte sich um und tat so, als wollte sie sofort wieder gehen.

»Wie lange ist das jetzt her mit Ankes letztem gutem Witz?«, dachte Matze laut nach. »Das war doch im Herbst vor drei Jahren, als ...«

Die Erzieherin warf ein Kissen nach ihm. »Okay, was wollt ihr denn?«, fragte sie die anderen in normalem Tonfall.

»Du hast doch mal mit Taubstummen gearbeitet«, sagte Lisa. »Da müsstest du doch auch Lippen lesen können, oder?«

»Das kommt ein bisschen drauf an, aber grundsätzlich ja. Wieso?«

Lisa deutete auf den Monitor. »Wir haben diesen Ausschnitt gefunden und wollten nur mal wissen, was dieser Heini da erzählt.«

»Wenn er überhaupt was Richtiges sagt«, fügte Flo hinzu. Ihm war mittlerweile der Gedanke gekommen, dass Corvus durchaus auch völligen Unsinn in einer unbekannten Sprache reden konnte.

Anke zuckte die Achseln und stellte sich neben Lisa. »Na dann mal los.«

Lisa startete den Film. Aufmerksam betrachtete die Erzieherin das bleich leuchtende Gesicht auf dem Monitor und sprach dabei unhörbar nach, was Corvus sagte. Nach ein paar Sekunden war der Ausschnitt zu Ende.

»Und?«, fragte Matze gespannt.

Anke schüttelte den Kopf. »Zeig es mir noch mal, bitte!«

Noch dreimal musste Lisa den Film zeigen, bevor Anke nickte. »In Ordnung«, sagte sie. »Ich kann nicht alles verstehen, aber den größten Teil habe ich jetzt mitbekommen. Fahr das noch mal ab, Lisa!«

Die Freunde starrten gebannt auf den Bildschirm, als Anke laut mitsprach, was Corvus' Lippen lautlos formten. »Ich bete zu dir, Herr ... versteh ich nicht ... und erflehe deinen Segen für diese Feier. Bald ist die Zeit reif. Nimm diese Menschen als deine – an und schenke mir ihre Kraft. Ich gelobe dir den Weg aus der – in die Welt des Lichts zu schaffen, damit du auf ewig herrschst über die ... versteh ich nicht.«

Der Ausschnitt war zu Ende und Anke sah die Freunde stirnrunzelnd an. »Was ist denn das für ein Zeug?«, fragte sie. »Wer ist dieser Kerl?«

»Das ist nur eine Videosequenz aus einem Spiel«, meinte Lisa gelassen. »Matze hat behauptet, dass der Kerl gar nicht wirklich redet, sondern nur die Lippen bewegt. Wir haben um eine Schokolade gewettet.«

»Ach so.« Anke warf Matze beim Hinausgehen einen bedauernden Blick zu. »Tut mir Leid wegen der Schokolade.«

»Sauerei«, murrte Matze, der diesmal etwas schneller schaltete.

»Aber die Herren gehen jetzt bitte wirklich in ihr Zimmer runter, verstanden?«

Flo nickte. »Versprochen. Und vielen Dank.«

»Wie hört sich das für euch an?«, fragte Lisa, sobald die Türe zu war.

Matze stieß ein keuchendes Lachen aus. »Bald ist die Zeit reif? Auf ewig herrschen? – Könntest du die Frage noch mal wiederholen?«

»Das hört sich wirklich ziemlich unheimlich an«, meinte Flo nachdenklich. »Wenn man das alles zusammen nimmt; das, was Anke uns gerade übersetzt hat, und noch diesen komischen Schwur, den Corvus die Leute hat ablegen lassen – puh.«

Jule schüttelte unwillig den Kopf. »Okay, von mir aus – und was wollt ihr jetzt machen? Losgehen und alle Raben erschießen, die euch in die Quere kommen?«

Matze grinste. »Hey, das ist gar nicht so schlecht! Ich bin dabei.«

»Irgendwas müssen wir unternehmen«, beharrte Flo. »Aber zugegeben: Ich habe auch keine Idee.«

»Die Halle werden sie ja wohl nicht noch mal benutzen«, stellte Lisa betrübt fest. »Sonst wüssten wir wenigstens, wo wir sie treffen können.«

Ihre Worte lösten in Flos Hinterkopf einen Gedanken aus, den er aber noch nicht ganz fassen konnte.

»Vielleicht warten wir wirklich am besten, bis Rebecca wieder da ist«, meinte Matze mutlos. »Mir fällt echt nichts ein, was wir tun könnten – zumindest solange wir Jonath nicht erreichen.«

»Wenn wir wenigstens an die Bibliothek in seinem Haus herankämen«, seufzte Lisa. »Dann könnten wir mal nachsehen, womit wir es zu tun haben, und das . . .«

»Wir können was tun!«, rief Flo und sprang auf vor Begeisterung über den Geistesblitz. »Ich weiß, wo er wohnt!«

Matze sah ihn mit hochgezogenen Brauen an. »Äh, Flo, das wissen wir alle«, erinnerte er ihn. »Du weißt doch – wir waren alle zusammen bei ihm und haben . . .«

»Nicht Jonath, verdammt! Ich weiß, wo Corvus wohnt!«

Diese Neuigkeit löste ein kurzes Schweigen aus. Dann beugte sich Jule ungläubig vor. »Und warum hast du das nicht vorher erzählt, zum Teufel?«, stieß sie hervor. »Du textest hier einen auf von wegen Rebecca retten und so und dann – gibt's das denn?«

»Ich hab das echt total vergessen«, verteidigte Flo sich. »Er hat mir das gesagt, bevor er mit dieser Show losgelegt hat, und bis jetzt war es im Hirn wie gelöscht.«

Lisa nickte ungeduldig. »In Ordnung, ist ja gut. Wo wohnt er denn nun?«

Flo runzelte die Stirn. »Also, ganz genau weiß ich es auch nicht. Die Hausnummer hat er nicht gesagt. Aber es muss ein altes Haus am Friedrichsplatz sein.«

Die anderen dachten eine Weile über diese Neuigkeit nach. »Was haben wir morgen in der ersten Stunde?«, fragte Lisa schließlich schicksalsergeben.

Jule verbarg das Gesicht in den Händen. »Bio. Ich hab beim letzten Abfragen eine Fünf gekriegt.«

»Und ich bin bestimmt morgen dran«, ergänzte Lisa.

»Ihr müsst ja nicht unbedingt mitkommen«, entgegnete Flo ruhig. »Eigentlich wäre es mir sogar lieber, wenn ihr bei dieser Sache erst mal zu Hause . . .«

Jule starrte ihn fassungslos an. »Sag mal, du hast doch wirklich zu viel Sonne abbekommen, oder? Denkst du echt, dass wir hier rumhocken, während ihr geil in Häuser einbrecht von irgendwelchen unheimlichen Typen, die sich in Raben verwandeln und euch mit Sicherheit umbringen werden? Wie bitte kommst du auf die Idee, dass wir auf dieses Schauspiel verzichten wollen?«

Flo zuckte ergeben die Schultern und stand auf. »Also ist

alles klar?«, fragte er zur Sicherheit noch einmal. »Um halb zwölf am Teich?«

Die Mädchen nickten in stummer Verzweiflung und die Jungs gingen in den ersten Stock hinunter, um mal wieder ein wenig so zu tun, als ob sie schliefen.

7

Das mit dem Regen musste ja sein, oder?«, murrte Jule und schlug den Kragen ihrer Jacke hoch. »Jetzt werden wir nicht nur umgebracht, sondern holen uns auch noch den Tod.«

Lisa musste lachen, obwohl sie schon bibberte vor Kälte, und auch die Jungs grinsten. Sie hatten den Bus um eine Minute verpasst und zu dieser Uhrzeit mussten sie nun fast eine halbe Stunde auf den nächsten warten. Mittlerweile hatte ein ekelhafter Herbststurm eingesetzt. Windböen peitschten den Regen vor sich her und über der Straße tanzten die Laternen an ihren Kabeln auf und ab. Auch wenn ein gläsernes Wartehäuschen ihnen Schutz bot, waren die Freunde doch auf dem kurzen Weg vom Steinbach-Haus völlig durchnässt worden und froren nun wie die Schneider.

Als endlich der Bus um die Ecke bog, waren sie schon ganz steif vor Kälte. Hastig setzten sie sich auf Plätze neben einem Heizkörper und drängten sich davor zusammen. Der Fahrer hatte die Heizung ordentlich aufgedreht, aber kaum hatten sie sich einigermaßen aufgewärmt, als sie in der Nähe des Friedrichsplatzes wieder aussteigen mussten.

»Das Wetter ist ja echt auf unserer Seite«, stöhnte Flo, als sich die Türen hinter ihnen schlossen und der Regen ihnen in die Gesichter peitschte.

»Was ich hier für eine wildfremde, unfreundliche Tussi

ertrage, geht auf keine Mammuthaut mehr«, stellte Jule grimmig fest. »Wenn wir die jetzt echt retten sollten, dann macht sie aber die nächsten zwei Jahre einen tiefen Knicks, sobald ich vorbeikomme.«

»Oh, toll!«, rief Matze begeistert. »Vor mir auch?«

Jule nickte gnädig. »Also gut – wenn du nett bist.«

Flo warf den beiden einen Blick über die Schulter zu. »Wenn wir sie wirklich retten können, dann mache ich einen Knicks vor euch, wenn euch das hilft.«

»Cool!«, rief Matze. »Die Wette gilt!«

Als sie auf den Friedrichsplatz traten, blieben sie stehen und sahen sich um. In der Mitte des Platzes befand sich ein Rondell mit einem kleinen Springbrunnen und ein paar Blumenkübeln. Der Brunnen war bereits abgeschaltet und mit Holz verschalt worden, um ihn im Winter vor Frost zu schützen. Sechs kleine Straßen gingen sternförmig von dem Platz ab. Suchend sahen sich die Freunde um.

»Es muss ein altes Haus sein«, sagte Flo und versuchte sich zu erinnern, ob es nicht doch noch einen zusätzlichen Hinweis gab.

Lisa kratzte sich am Kopf. »Na, da sind wir hier richtig. Ich sehe hier mindestens sechs alte Häuser direkt am Platz, und wenn man die nähere Umgebung noch mit einrechnet, dann etwa zehnmal so viele.«

»Kann es denn nicht doch auch ein neues Gebäude sein?«, fragte Matze bittend. »Davon gibt's hier wenigstens nicht so viele.«

»Vielleicht sollten wir uns mal die Klingelschilder ansehen«, schlug Jule vor. »Es kann ja sein, dass uns da irgendwas auffällt.«

Matze warf ihr einen zweifelnden Blick zu. »Du meinst, da steht dann ›Corvus – bitte zweimal klingeln‹ oder so?«

»Natürlich nicht, du Blödmann, aber es kann doch sein ...«

»Ich glaube, das können wir uns sparen«, sagte Lisa leise. »Seht euch mal das graue Haus da neben dem Schuhgeschäft an, und zwar unauffällig.«

Aus den Augenwinkeln musterten die anderen das Haus, das Lisa aufgefallen war. Man konnte es tatsächlich leicht übersehen, so schmal, wie es war. Auf jedem Stockwerk gab es nur zwei Fenster nebeneinander und selbst die waren nicht besonders breit. Zwischen den großen Nachbargebäuden wirkte es fast so, als wollte es sich verstecken, zumal das Schuhgeschäft mit einer Neonreklame auf sich aufmerksam machte, die vom ersten Stock bis unters Dach reichte. Die bunt leuchtenden Buchstaben lenkten den Blick von dem schmalen Nebenhaus ab, obwohl seine Fassade mit wunderschönen, wenn auch allmählich verfallenden Stuckarbeiten verziert war.

»Okay, das ist ein altes Haus, aber woher weißt du, dass es das ist, was wir suchen?«, fragte Matze schließlich leise.

»Schau mal aufs Dach«, sagte Lisa mit zusammengebissenen Zähnen.

Die anderen sahen nach oben. Das Haus war zwar schmaler als die Nebengebäude, überragte sie dafür aber nicht nur um ein Stockwerk, sondern hatte auch noch ein romantisches, kleines Türmchen mit einer hübschen Zwiebelspitze aus grünem Kupfer.

Doch das war es nicht, was Lisa meinte. Sie meinte die Vögel.

In der Dunkelheit sah man es kaum, aber das Dach war völlig mit Raben bedeckt. Dicht an dicht gedrängt, saßen die schwarzen Tiere in der Dachrinne, im Windschatten des Turmes, vor den beiden Fenstern. Sie kauerten an jeder Stelle, wo ihre Krallen irgendwie Halt fanden, und blinzelten in den Regen hinaus.

Es schien eine besondere Schar zu sein, die keine Lust auf Besuch von fremden Tieren hatte. Immer wieder flatterten die Vögel unter empörtem Gekrächze auf, wenn ein Artgenosse sich dazwischenzudrängen versuchte, und vertrieben ihn rasch durch heftiges Picken.

»Lasst uns mal ins Trockene gehen«, schlug Flo im Plauderton vor und deutete auf ein Café, das genau gegenüber von dem Haus auf der anderen Seite des Platzes lag. »Ich möchte mich ganz gerne aufwärmen und vielleicht können wir für unsere Freunde da oben noch so tun, als hätten wir eigentlich das Café gesucht, okay?«

»Da ist es ja!«, rief Matze sofort und lief rasch darauf zu. »Ich hab's doch gesagt!«

Tatsächlich waren alle sehr damit einverstanden, sich vor dem Sturm erst einmal ins Warme zu flüchten, und so wirkte ihr Rückzug sogar für sie selbst ziemlich glaubwürdig.

In dem Café war nicht mehr allzu viel Betrieb, da es ja auch schon nach Mitternacht war. Erleichtert, dem Sturm entkommen zu sein, suchten sich die Freunde einen Tisch, von dem aus man das Haus mit den Raben sehen konnte, und ließen sich dort nieder. Eine junge Frau kam an ihren Tisch und musterte die Freunde stirnrunzelnd.

Jule bemerkte das und schaltete schnell auf große Schwester. »Na, was wollt ihr denn?«, fragte sie gönnerhaft.

Die Freunde bestellten sich etwas zu trinken und die junge Frau verschwand.

»Gut gemacht«, murmelte Flo und Jule grinste zufrieden.

Diese Technik hatten sie schön öfters anwenden müssen. Zu dieser späten Uhrzeit durften sie in ihrem Alter eigentlich nicht mehr ohne die Begleitung Erwachsener in Kneipen oder Cafés herumsitzen. Manchmal erinnerte sich ein Kellner oder sonst jemand an diese Vorschrift und sprach sie darauf an. Dann war es immer sehr vorteilhaft, dass Jule schon so alt aussah und mittlerweile perfekt die große Schwester spielen konnte.

»Was ist denn gerade mit den Viechern los?«, fragte Matze und wollte sich schon zum Fenster hin umdrehen, als Flo ihn am Ärmel packte.

»Wir müssen aufpassen«, warnte er die anderen. »Immerhin sitzen wir hier im Licht wie auf dem Präsentierteller. Im Augenblick sehen die da oben uns besser als wir sie. Also verrenkt euch um Gottes willen nicht den Hals.«

»Die da oben rühren sich nicht«, berichtete Lisa, die von ihrem Platz aus unauffällig das Dach gegenüber im Auge behalten konnte. »Was wollen wir denn jetzt machen?«

Flo seufzte. »Eigentlich hatte ich ja gehofft, dass wir uns irgendwie in das Haus reinschmuggeln können. Aber solange dieses Federvieh uns über die Schulter schaut, können wir uns das wohl abschminken.«

»Zu schade«, bemerkte Jule trocken. »Unsere Karriere als Einbrecher ist vorbei, bevor sie überhaupt begonnen hat.«

»Na ja, immerhin haben wir das Hauptquartier von diesem Corvus gefunden«, meinte Matze tröstend. »Für den Anfang gar nicht schlecht.«

Lisa verzog das Gesicht. »Nur dafür finde ich aber diese nächtliche Expedition – noch dazu bei dem Wetter – etwas übertrieben.« Sie grinste ihren Bruder schelmisch an. »Dann hätten die Herren ja wirklich alleine losdüsen können.«

»Ich hab's euch gesagt«, meinte Flo nur achselzuckend.

Die Bedienung kam und brachte ihnen die Getränke. »Lasst euch nicht zu viel Zeit«, mahnte sie die Freunde, »wir machen in einer halben Stunde zu. Tut mir Leid, das hätte ich euch vielleicht sagen sollen, bevor ihr bestellt habt.«

»Nein, ist kein Problem«, versicherte Jule. »Wir wollten uns sowieso nur kurz aufwärmen.«

»Dann sind wir ja morgen in Bio sogar halbwegs ausgeruht«, stellte Flo fest, als die junge Frau wieder weg war, und rührte Zucker in seinen Milchkaffee. »Auch nicht schlecht. Vor allem, wo der gute Herr Rückert sich doch immer so aufregt, wenn jemand in seinem Unterricht gähnt. Und morgen Nachmittag sehen wir eben noch mal her und ...«

»Das kannst du dir sparen, wenn mich nicht alles täuscht«, unterbrach Lisa ihren Bruder. »Dreht euch nicht um, aber da oben herrscht grade Aufbruchsstimmung.«

Die anderen erstarrten und verdrehten die Augen, bis es weh tat, allerdings ohne etwas sehen zu können.

Jule gab es schließlich auf und konzentrierte sich wieder auf ihren Kaffee. »Was passiert denn da, Lisa?«, erkundigte sie sich stattdessen.

»Keine Ahnung, aber irgendwie sind die Viecher verdammt unruhig geworden – ah, jetzt sehe ich was. Im ersten Stock ist Licht angegangen und eben war jemand am Fenster. Jetzt ist das Licht wieder aus.« Sie griff nach ihrer Tasse und wollte sie zum Mund führen, setzte sie aber gleich wieder ab. »Corvus!«, zischte sie. »Er ist eben aus der Haustüre gekommen und mit ihm diese komischen Schränke, die auch schon bei dem Konzert dauernd hinter ihm hergedackelt sind. Fünf – nein, sechs Typen außer ihm, alle in so schwarzen Klamotten – ach du Scheiße! Die kommen hierher, glaube ich!«

»Hat er dich angeschaut?«, zischte Flo, der seine Schwester mit versteinerter Miene anstarrte. »Hat er uns gesehen? Oder die Leibwächter?«

»Ich weiß nicht«, stieß sie zwischen zusammengebissenen Zähnen hervor. »Er hat diese schrecklichen schwarzen Augen und seine Heinis gucken dauernd in alle möglichen Richtungen. Keine Ahnung, ob die uns jetzt entdeckt haben oder nicht.«

Jule konnte es nicht verhindern, sie musste einfach den Kopf drehen, um selbst zu sehen, was dort draußen auf sie zukam. Corvus marschierte direkt über den Platz in Richtung des Cafés. Er trug einen schwarzen Mantel, der sich im Wind blähte. Seine langen, weißen Haare wurden ihm immer wieder in das bleiche Gesicht geweht und trotzdem konnte man die schwarzen Augen darunter glühen sehen.

Hinter ihm marschierten die Muskelmänner, ebenfalls allesamt in schwarzen Ledersachen. Wie Lisa gesagt hatte, sahen sie sich die ganze Zeit suchend um, ganz genau wie echte Bodyguards.

Über ihnen schien die Luft schwarz zu flirren. Erst einen Augenblick später verstand sie, dass es eine Wolke aus Raben war, die dort gegen die Sturmböen ankämpfte.

»Kommen die Typen immer noch hierher?«, fragte Matze heiser.

Lisa nickte stumm und Flo schob seinen Stuhl nach hinten. »Dann sollten wir uns langsam vom Acker machen«, sagte er ruhig. »Mit den Kerlen werden wir garantiert nicht fertig. Vielleicht gibt's hier einen Hinterausgang.« Damit wollte er aufstehen.

»Nein!«, zischte Lisa im letzten Moment. »Bleib sitzen, die kommen gar nicht hierher!«

Flo erstarrte in der Bewegung und ließ sich dann zentimeterweise wieder auf den Stuhl zurücksinken.

»Was?«, fragte Jule zitterig. »Was machen sie dann?«

»Ich glaub, die machen eine Fahrt ins Blaue«, flüsterte Lisa. Gelähmt vor Anspannung, beobachtete sie, wie Corvus und seine Männer in einen schwarzen Kleinbus stiegen, der direkt vor dem Café geparkt war. Eine halbe Minute später waren sie verschwunden und mit ihnen die Rabenwolke.

»In Ordnung, sie sind weg«, meldete Lisa und ließ sich in ihrem Stuhl zusammensinken. »Die hatten nur ihre Karre hier stehen.«

»Schön, dass wir das hinter uns haben. Ich muss jetzt aufs Klo«, verkündete Jule mit schwacher Stimme und hetzte davon.

Flo kramte nach seinem Geldbeutel und winkte der Bedienung. »Wir sollten uns jetzt beeilen«, sagte er entschlossen. »Die werden irgendwann zurückkommen und bis dahin möchte ich wieder weg sein.«

»Was hast du jetzt vor?«, frage Lisa erstaunt.

Matze seufzte und holte gleichfalls sein Geld aus der Tasche. »Wir gucken uns das Haus an, vermute ich. Oder?«

Flo nickte. »Einen besseren Zeitpunkt können wir uns nicht wünschen. Die Kerle sind erst mal weg, wahrscheinlich für länger. Die werden schließlich nicht zu siebt losfahren, nur um an der Tanke noch schnell Schokolade zu kaufen.«

Als Jule von der Toilette zurückkam, hatten die anderen bereits für sie gezahlt und sie konnten gleich losgehen.

»Ich bin mir nicht sicher, ob das wirklich alles in allem so eine gute Idee ist«, erzählte Jule im Plauderton, während sie den Platz überquerten. »Ich meine, immerhin reden wir hier von Einbruch, das ist echt strafbar und so.«

»Du meinst, wenn man uns erwischt, werden wir unseren Eltern weggenommen und landen in einem Jugendheim?«, fragte Matze grinsend. »Schreckliche Vorstellung. Ich möchte nicht mit mir tauschen.«

Jule nickte. »Kein Wunder. Mit dir möchte eigentlich niemand tauschen.«

»Jetzt hört mal zu flirten auf«, bat Flo sie genervt. »Und haltet die Augen offen, okay?«

Sie erreichten die Haustüre. Lisa musterte das Klingelbrett. Es gab nur drei Knöpfe und auch die wirkten nicht so, als ob sie funktionierten. »Der Trick mit klingeln und dann ›Zeitung‹ schreien wird hier nicht klappen, oder?«, fragte sie hoffnungsvoll.

»Vermutlich nicht«, stimmte Flo zu und musterte feindselig die uralt wirkende Türe aus dunklem Holz. Selbst das kleine, vergitterte Guckfenster war von innen mit Zeitung verklebt.

Matze drückte dagegen. »Das Ding ist zu«, brummte er achselzuckend. »So kommen wir hier nicht rein. Wir hätten Werkzeug mitnehmen sollen.«

»Kannst du die Türe nicht einfach aufbrechen?«, fragte Lisa. »Wie damals, als du diese Kellertüre kaputtgemacht hast?«

»Wie bitte?« Matze sah sie verblüfft an. »Also, jetzt mal abgesehen davon, dass das hier eine verdammt fette Tür ist – glaubst du nicht, dass sich die Nachbarn über den Lärm beschweren würden? So laut ist der Wind auch nicht.«

»Da hat er Recht«, stimmte Flo seinem Freund zu. »Aber schauen wir uns doch mal die Durchfahrt hier an. Vielleicht kommen wir da ja weiter.«

Zwischen dem Haus von Corvus und dem Schuhgeschäft führte eine unbeleuchtete Durchfahrt auf einen kleinen Hinterhof. Mülltonnen und ein Betonkübel mit einem verkümmerten Busch darin standen hier herum. Nur eine Mauer trennte diesen Hof von denen der angrenzenden Häuser.

»Na bitte«, meinte Flo zufrieden. »Wir müssen nur hier drübersteigen und schon stehen wir bei Corvus in den Rabatten.«

»Ein alter Traum geht in Erfüllung«, kommentierte Jule. »Also helft mir mal hier hoch, ihr Einbrecherkönige.«

Zwei Minuten später standen sie in dem Hinterhof von Corvus' Haus. Lisa hatte daran gedacht, eine Taschenlampe mitzunehmen, und leuchtete nun ein wenig umher. Bis auf ein paar alte Bretter, die in einer Ecke lagen, war der Hof völlig leer. Gras spross zwischen dem alten Pflaster hervor und die Türe zum Haus sah so aus, als hätte man sie seit Jahrzehnten nicht mehr geöffnet.

Flo rüttelte an der Klinke, aber nichts rührte sich. »Die Türe darfst du jetzt kaputtmachen«, wandte er sich an Matze.

Matze grunzte. »Ich tu mein Bestes«, versprach er, nahm einen kleinen Anlauf und trat dann mit aller Gewalt gegen das alte Holz.

»Das hat jetzt aber nicht so toll geklappt«, bemerkte Lisa. Ihre halblauten Worte gingen restlos in Matzes Fluchkanonade unter.

»Och, ich bin ganz zufrieden«, widersprach Jule und verfolgte beeindruckt, wie Matze auf einem Bein durch den Hof hüpfte.

»Ihr seid gemein«, tadelte Flo die Mädchen lahm. »Das muss echt weh tun.«

»Was machen wir denn jetzt?«, fragte Lisa, als Matze zu fluchen aufhörte und zu jammern begann, und sah an dem Haus empor. »Die Türe kriegen wir anscheinend nicht auf.«

»Sehe ich das richtig oder ist da oben ein Fenster offen?«, fragte Flo und deutete mit dem Finger darauf.

Jule schüttelte den Kopf. »Vergiss es. Das ist im zweiten Stock.«

»Schon, aber wenn man auf die Hofmauer steigt, ist man ja praktisch im ersten Stock. Und von da aus müsste es eigentlich gehen, so mit Auf-die-Schultern-Steigen und so. Was meint ihr?«

». . . mein Fuuuuß . . .«, wehte es weinerlich aus Matzes Richtung zu ihnen herüber.

»Und wie willst du dich da oben festhalten?«, fragte Lisa, ohne sich ablenken zu lassen, und ließ den Strahl ihrer Taschenlampe über die Hauswand gleiten. »Die paar Risse da reichen doch nie im Leben. Außerdem ist das auch noch alles nass.«

Flo zuckte die Achseln. »Einen Versuch ist es wert.« Er wandte sich an Jule. »Na komm, ich helfe dir hoch.«

»Wie bitte?«, fragte Jule fassungslos. »Was soll ich da oben?«

»Ins Haus einsteigen natürlich. Matze ist zu schwer und Lisa muss uns schließlich leuchten.«

»Warum lässt du dich dann nicht von Matze hochheben?«

»Das hörst du doch selber, oder?«

»Okay«, meinte Jule widerstrebend. »Aber das werde ich noch bereuen«, fügte sie düster hinzu.

»Seit diese doofe Rebecca aufgetaucht ist, bin ich dauernd am Klettern«, maulte Jule leise vor sich hin, während sie mit den Fingern nach einem Spalt zwischen den Steinen suchte. Ihr linker Fuß stand in der Räuberleiter, die Flo für sie formte, und ihr anderer auf seiner Schulter. Sorgfältig vermied sie es, nach unten zu sehen.

»Wie sieht's aus?«, fragte Flo gepresst.

Jule ertastete eine Ritze, in die ihre Fingerspitzen gerade hineinpassten. »Schlecht«, sagte sie. »Hier oben gibt's kaum was zum Festhalten. Mach dich mal größer!«

Ächzend versuchte Flo ihr noch ein paar Zentimeter zu verschaffen und plötzlich erreichten Jules Finger das offene Fenster. Erleichtert über den Halt stieg sie auch auf Flos andere Schulter und zog sich dann mit einem Ruck ins Innere des Hauses. Polternd landete sie auf einem staubigen Parkettboden.

Einen Augenblick lang blieb sie einfach liegen und wartete. Schließlich rappelte sie sich auf und sah sich um. Sie war im Treppenhaus gelandet und stand nun auf dem Absatz zwischen dem ersten und dem zweiten Stock. Neben kaltem Rauch lag ein seltsam beißender Geruch in der Luft und Jule fühlte sich unangenehm an das Raubtierhaus im Zoo erinnert.

»Was ist da los?«, drang Lisas Stimme durch das Fenster. »Bist du okay?«

»Hier ist alles ruhig«, meldete Jule. »Ich schau mal, ob ich euch aufmachen kann. Moment.«

Vorsichtig schlich sie die Treppe hinunter. Das alte Holz knarrte bei jedem ihrer Schritte laut in der Dunkelheit, sosehr Jule sich auch bemühte schwerelos zu sein. Schließlich gab sie es genervt auf und ging normal weiter, bis sie vor der Tür zum Hof stand. Beim Anblick der drei mächtigen Metallriegel über die ganze Breite der Tür musste sie grinsen. Plötzlich erschien es ihr gar nicht mehr überraschend, dass Matze dieses Bollwerk nicht hatte eintreten können.

Sie schob die Riegel zurück und öffnete die Türe. »Immer hereinspaziert, die Herrschaften«, sagte sie und erstarrte, als hinter ihr ein Stöhnen durch die Dunkelheit drang, das ihr das Blut in den Adern gerinnen ließ.

8 | Was war das?«, fragte Flo und drängte an Jule vorbei.

»Keine Ahnung, ich bin auch nicht von hier. Aber es kommt von da oben.«

Matze humpelte herein. »Alles in Ordnung?«, erkundigte er sich abwesend und betrachtete hasserfüllt die Riegel an der Türe. »Das hätte mir aber auch jemand sagen können, dass ich es hier mit Fort Knox zu tun habe.«

Flo sah sich kurz um und betätigte dann einen Drehschalter an der Wand, worauf eine schwache Lampe über ihnen aufflammte.

»Bist du verrückt!«, zischte Jule, zerrte Lisa herein und schlug hastig die Türe zu. »Das sieht doch jeder!«

»Ist doch keiner da. Und die Nachbarn haben uns sowieso schon entdeckt, wenn sie nicht blind und taub sind.« Damit ging Flo die Treppe hinauf. »Ich möchte echt wissen, wer da oben ist.«

»Oder was«, ergänzte Matze und folgte ihm.

Die Zimmer im ersten Stock wirkten ein wenig wie heruntergekommene Aufenthaltsräume. Abgewetzte Sofas und Sessel standen hier herum, ein paar leere Bierkästen und überall volle Aschenbecher. Die Wände waren voll geschmiert und mit allen möglichen Stickern beklebt.

»Ich hab das Gefühl, Corvus hat hier 'nen Jugendtreff eingerichtet«, stellte Lisa fest. »Fehlt nur der Kicker.«

»Cool – vielleicht im zweiten Stock«, meinte Matze hoffnungsvoll und ging die Treppe weiter hinauf. »Jule? Wir beide gegen die Blondinen?«

»Selber Blondine!«, schnaubte Flo. »Und warte gefälligst auf uns!«

Vorsichtig stiegen sie weiter nach oben. Der zweite Stock wirkte weitaus wohnlicher, wenn auch nicht weniger versifft. In den Zimmern standen zerwühlte Betten, überall lagen persönliche Sachen wie CDs, Klamotten oder Waschzeug herum.

»Ich wette, hier sind diese Bodyguards zu Hause«, mutmaßte Jule und hob mit spitzen Fingern eine zeltartige, zerrissene Shorts in die Höhe. »Schaut euch mal das Muster an. Wie kann bitte jemand so ein Ding ...« Sie wurde unterbrochen, als erneut ein lang gezogenes Stöhnen durch das Haus drang.

Es war ganz in der Nähe und klang so grauenvoll und gequält, dass den Freunden ein eisiger Schauer über den Rücken lief.

»Herrje, das hört sich nicht gut an«, sagte Lisa besorgt. »Als hätte jemand schreckliche Schmerzen oder so.«

»Das war direkt über uns«, flüsterte Flo, als das Geräusch verstummt war. »Gib mir mal die Taschenlampe bitte.«

Lisa gab sie ihm und er machte sich daran, vorsichtig die Treppe hinaufzuschleichen, dicht gefolgt von Matze und den Mädels. Lisa hatte reflexartig ihre Kamera gezogen und versteckte sich nun schnell dahinter. Die Sicht durch das Objektiv gab ihr ein Gefühl der Sicherheit und außerdem war es immer sinnvoll, alles aufzunehmen – das jedenfalls war ihre Begründung.

Am Ende der Treppe hing ein schwarzer Vorhang. An die Wand gepresst, zog Flo den Stoff ein wenig beiseite und spähte dahinter. Dann schlüpfte er hindurch und blieb staunend stehen. Die fleckigen Wände, Decke und Boden dieses Stockwerks waren bis auf die letzte Ecke voll geschmiert mit seltsamen, dunkelroten Schriftzeichen. Ein süßlicher, Übelkeit erregender Geruch hing in der Luft.

»Puh! Was muffelt hier denn so?«, wisperte Jule, sobald sie durch den Vorhang getreten war. »Ist ja widerlich.«

Flo fuhr mit dem Finger über eines der Schriftzeichen. »Das hier«, antwortete er leise und verzog das Gesicht. »Das ist mit Blut geschrieben.«

Jule entfuhr ein kleiner Schrei und sie machte einen Satz von der Wand weg. »Das darf doch nicht wahr sein! Was sind denn das für Irre?«, flüsterte sie dann.

Ungläubig fuhr auch Matze durch eines der Schriftzeichen. »Das gibt's doch nicht«, murmelte er und betrachtete seine roten Fingerspitzen.

»Ist das Menschenblut?«, fragte Lisa tonlos.

»Keine Ahnung.« Abwesend wischte Flo seine Hand mit einem Taschentuch ab und reichte es dann Matze, der sich ebenfalls hektisch die Finger säuberte. »Aber auch, wenn es nur Rinder- oder Schweineblut oder was weiß ich was ist – ich finde Leute irgendwie seltsam, die ihre ganze Wohnung damit voll schmieren.« Damit ging er leise weiter und sah sich in den Zimmern um.

Überall bot sich das gleiche Bild. Vor Staunen und Ekel über all das Blut hatten die Freunde das Stöhnen von vorher völlig vergessen, bis plötzlich Jule ein Geräusch hinter einer Türe hörte.

Sie hielt den Atem an, blieb starr stehen und winkte die anderen wortlos zu sich.

Flo deutete mit fragendem Gesichtsausdruck auf die Türe und sie nickte. Leise stellte er sich vor der Türe auf und wartete, bis Matze neben ihm stand. Erst dann drückte er langsam die Klinke nach unten, öffnete sie und leuchtete mit der Taschenlampe hinein.

»Um Gottes willen!«, entfuhr es ihm und er schreckte zurück. Auch Matze riss entsetzt die Augen auf.

Vorsichtig sah Jule ihm über die Schulter und ein Schauer lief ihr über den Rücken.

In der dunklen Kammer lag Rebecca zusammengekrümmt auf dem Boden. Sie trug nur ein schmutziges, ärmelloses T-Shirt und eine Jeans. Mit blutroten, schmerzverzerrten Augen starrte sie in das Licht der Taschenlampe. Ihre Hand umklammerte das Rabentattoo auf ihrer Schulter.

Die schwarze Farbe des Bildes hatte sich unter der Haut in alle Richtungen ausgebreitet, sodass der Vogelkopf gar nicht mehr zu erkennen war. Rebeccas ganzer Arm war schwarz geworden und auf fast die doppelte Größe angeschwollen. Wo auch immer die Tätowierung sich ausgebreitet hatte, dort pulsierte die Haut, als krabbelten Käfer darunter umher. Auch an der Schulter verliefen erste schwarze Verästelungen vom Arm über ihren Hals, die Brust und den Rücken und auch dort war die Haut angeschwollen.

»Was ist das?«, flüsterte Jule tonlos und schluckte. »Was haben diese Kerle getan?«

Matze ging in die Hocke und betrachtete das Ganze aus der Nähe. »So ähnlich sieht eine Blutvergiftung aus, glaube ich.«

»Aber schaut euch das mal an, diese Bewegungen! Igitt!«, sagte Lisa hinter ihrer Kamera hervor. »Das ist doch keine normale Krankheit, oder?«

Flo schüttelte wütend den Kopf. »Nein, bestimmt nicht. Ich wette, dass Corvus dahinter steckt.«

»Was machen wir jetzt? Rufen wir einen Krankenwagen?«, fragte Matze ratlos.

»Bleibt uns ja wohl nichts anderes übrig. Ich habe bloß keine Lust, irgendwem erklären zu müssen, wie wir in das Haus hier gekommen sind.«

Alle zuckten zusammen, als Rebecca versuchte sich mit einem Ruck aufzurichten. »Helft mir!«, flüsterte sie fast unhörbar und sackte wieder in sich zusammen. »Helfen ...«, brachte sie noch hervor, dann fiel sie in Ohnmacht.

»Hm«, machte Matze. »Also bringen wir sie raus und rufen dann den Notarzt?«

Flo nickte und gab Lisa die Taschenlampe wieder. »Korrekt. Ich nehme sie an den Händen und du unten, okay?«

»Pass auf, dass du nicht diese schwarzen Stellen anfasst«, ermahnte Jule ihn. »Ich glaube nicht, dass das gut wäre.«

»Danke für den Hinweis, ich passe schon auf.« Er zog seine Jacke aus und benutzte sie, um seine Hand vor einer Berührung mit den schwarzen Stellen zu schützen. Vorsichtig zog er das ohnmächtige Mädchen aus der kleinen Kammer heraus und hob sie dann gemeinsam mit Matze hoch.

»Ganz schön schwer, die Gute«, ächzte Matze, als sie langsam die Treppe hinunterstiegen. »Muss an diesen geschwollenen Stellen liegen.«

Flo schnaubte. »Sehr witzig! Solange wir dich nicht schleppen müssen, bin ich ja noch ganz froh.«

»Ich muss mich schon schleppen«, erinnerte Matze ihn gutmütig. »Und jetzt reg dich mal nicht über den Falschen auf. Ich kann nichts dafür, dass deine Freundin hier sich mit den falschen Leuten eingelassen hat.«

Flo nickte. »Zugegeben«, meinte er. »Sorry, ich wollte dich nicht anmachen. Aber im Augenblick bin ich einfach ziemlich besorgt wegen dieser Sache hier. Rebecca ist nämlich verflucht heiß.«

Matze schaffte es, trotz seiner Last mit den Schultern zu zucken. »Na ja, im Augenblick finde ich eher, dass sie ein wenig krank aussieht. Aber dir hat sie ja von Anfang an ziemlich gut gefallen und jetzt . . .«

»Red kein Blech! Ich meine nicht, wie sie aussieht! Diese Schwellungen sind heiß! Du weißt schon, so wie 'ne Herdplatte oder Feuer oder die Sonnenoberfläche!«

»Wie bitte?«, fragte Lisa und blickte sogar eine Sekunde von der Kamera auf.

Auch Jule stutzte. »Hast du gerade heiß gesagt?«

»Ja, verdammt, ich habe heiß gesagt! Das kann man sogar durch die Jacke fühlen. Wenn man einfach so hinfasst, verbrennt man sich wahrscheinlich sogar die Finger. Riecht ihr das nicht?«

Die anderen schnupperten und sahen dann noch einmal genauer hin. Unter Flos linker Hand, dort wo er den schwarzen Arm von Rebecca umfasst hielt, kräuselte feiner Rauch aus seiner Jacke hervor, als würde etwas langsam verkohlen.

»Jetzt bin ich aber echt mal gespannt, was der Notarzt sagt«, brachte Jule mit schwacher Stimme hervor und holte ihr Handy aus der Tasche. »Ich sage ihm schon mal, dass er kommen soll, dann müssen wir nicht mehr so lange auf der Straße warten, okay?«

Sie wählte die eins-eins-zwei und wartete, bis die Verbindung stand. »Ja hallo? Ich brauche einen Notarzt am Friedrichsplatz. Eine Freundin von mir hat – äh, hat Verbrennungen am Arm. Bitte kommen sie schnell, ja? Danke.« Damit beendete sie das Gespräch und sah die anderen stirnrunzelnd an. »Dass die aber auch immer den Namen wissen wollen. Na ja, die werden schon wen schicken. Hat bei der Polizei ja auch geklappt.«

Lisa grinste. »Ich hoffe nur, dass jetzt nicht gleich wieder zehn Wagen angerauscht kommen.«

Die Jungs hatten mit Rebecca gerade den ersten Stock erreicht, als sie plötzlich wie angewurzelt stehen blieben. Unter ihnen schloss jemand die Haustüre auf. Geistesgegenwärtig sprang Jule zu einem Lichtschalter und machte die Beleuchtung im Treppenhaus aus, gerade rechtzeitig, bevor die Türe aufgestoßen wurde.

»Was jetzt?«, wisperte Lisa, als mehrere Leute unter leisem Gemurmel ins Haus traten.

»Da rein!«, sagte Jule und trat leise in einen der versifften Räume. Die anderen folgten ihr und Lisa zog die Türe sanft hinter ihnen zu. Fast unhörbar klackte der Riegel ins Schloss. Erst jetzt erkannte Jule, dass sie ausgerechnet ein Zimmer ohne Fenster ausgesucht hatte.

»Was nun?«, wisperte sie in die Dunkelheit.

»Wenn jemand reinkommt, kriegt er eins auf die Rübe und wir rennen weg«, schlug Matze vor. »Flo, du nimmst Rebecca über die Schulter und ich mache den Weg frei.«

»Und was machen wir?«, fragte Jule.

»Ihr tretet die, die schon am Boden liegen.«

»Toller Plan«, meinte Lisa zweifelnd. »Aber ein besserer fällt mir grad auch nicht ein.«

»Das wird schon klappen«, versuchte Matze ihnen allen Mut zu machen. »Hey, wir sind schon mit einem echten Dämon fertig geworden. Und das sind nur ein paar doofe Schläger.«

Jule schnaubte. »Du hast die Kerle doch selber gesehen! Die sind doppelt so groß wie du!«

»Und was soll ich daran bitte ändern, verdammt?«, schnauzte Matze zurück.

Flo ächzte in der völligen Finsternis. »Jetzt hör auf zu motzen, das geht schon irgendwie. Lisa? Hilfst du mir mal mit Rebecca? Ich krieg die alleine nicht hoch – hier bin ich – das ist mein Gesicht – hier hinten ist sie – ja, genau. Und pass bloß auf, dass du ...«

»Autsch!«

»... dich nicht verbrennst«, vollendete Flo den Satz.

»Psst!«, zischte Lisa. »Da kommt wer!«

Alle hielten den Atem an und lauschten gebannt, wie Schritte sich ihrem Versteck näherten. Matze stand bereits neben der Türe und ballte die Fäuste. Dann wurde die Klinke heruntergedrückt und die Türe aufgestoßen. Noch bevor der Mann seine Hand von der Klinke genommen hatte, schlug Matze zu.

Seine Faust traf nur leere Luft. Eigentlich hatte Matze auf die Nase gezielt, sich seinen Gegner aber etwas größer vorgestellt. Das Ergebnis war, dass er von seinem eigenen Schwung getragen mit dem ganzen Körper gegen seinen Gegner prallte, als wollte er ihn umarmen, und sie gemeinsam umfielen.

»Los!«, schrie er trotzdem. Sofort stürmte Flo hinter ihm vorbei die Treppe hinunter, gefolgt von den Mädchen. Auf dem Absatz blieb er so abrupt stehen, dass Jule gegen ihn rannte und beinahe Rebecca fallen ließ.

»Was ist denn?«, schrie Jule.

»Äh«, sagte Flo und starrte fassungslos in die Mündung der Pistole. »Ach so.«

»Hände hoch!«, schnappte der junge Mann mit dem Schnurrbart. Er trug eine braune Lederjacke und Jeans. »Na los! Hände hoch!«

Gehorsam hob Flo eine Hand. Mit der anderen musste er Rebecca festhalten.

Jetzt erst sah auch Jule den Mann unter ihnen auf der Treppe, der seine Waffe immer noch auf Flos Gesicht gerichtet hatte. »Toller Plan«, fauchte sie Flo an.

»Äh«, gab der kraftlos zurück. Seine Welt bestand in diesem Augenblick im Wesentlichen aus einer schwarzen Pistolenmündung und bot nicht besonders viel Platz für Schlagfertigkeit.

»Doktor Keller?«, rief der Mann nach oben. »Sind Sie in Ordnung?«

Bei dem Namen fuhren die Freunde alle zusammen. Als sie Jonath im Sommer kennen gelernt hatten, hatte er diesen Namen als Tarnung verwendet. Matze hob langsam sein Gesicht und starrte den Mann an, der unter ihm begraben war.

»Hallo Matze«, ächzte Jonath. »Ich freue mich auch sehr dich wieder zu sehen.«

»Jonath! Das gibt's doch nicht!«, stieß Matze entgeistert hervor. »Äh, ich meine Doktor Keller. Wie kommen Sie denn hierher?«

»Das wollte ich dich auch gerade fragen.«

»Wir wollten ein Mädchen aus unserem Wohnheim retten, das sich mit so einem komischen Kerl eingelassen hat«, berichtete Matze bereitwillig. »Und Sie?«

»Ich habe eine Meldung bekommen, dass gestern Nacht etwas sehr Seltsames auf einem stillgelegten Bahngelände passiert ist, und die Polizei . . .« Er brach ab und sah sich kurz um.

»Weißt du was, Matze«, begann er dann in vertraulichem Ton.

»Ja?«

»Das besprechen wir alles, wenn du von mir runtergegangen bist, in Ordnung?«

Nachdem Jonath dem schnauzbärtigen Polizisten versichert hatte, dass die Sache mit den Freunden ein Missverständnis war, machte der junge Mann sich mit seinen beiden Kollegen daran, das Haus weiter zu untersuchen. Währenddessen sah sich Jonath Rebecca an.

»Um Himmelswillen«, sagte er beeindruckt. Die schwarze Farbe hatte sich mittlerweile über ihre halbe Brust und den Hals ausgebreitet; erste Verästelungen zogen sich bereits über ihr Gesicht. An den entsprechenden Stellen war ihr T-Shirt bereits braun geworden vor Hitze. »Jetzt bin ich aber wirklich froh, dass ich nur auf den Verdacht hin hierher geflogen bin. Das ist eine sehr ernste Sache.«

»Was hat dieser Mistkerl mit ihr gemacht?«, fragte Flo.

»Ich nehme an, du sprichst von diesem weißhaarigen Mann, der sich Corvus nennt – nun, um es kurz zu sagen: Er versucht sie umzubringen. Warum, weiß ich auch nicht.«

»So was hatte ich doch vermutet«, erklärte Jule. »Und wie verhindern wir das?«

Der Schattenjäger sah sich um. »Wir müssen sie zu mir nach Hause schaffen«, sagte er nach kurzem Zögern.

»Na dann los!«, sagte Flo knapp und stand auf. »Haben Sie ihr Auto da?«

»Ja, es steht vor der Tür. Helft mir mal mit der Armen hier. Nehmt sie an den Beinen und ich – autsch!«

Lisa nickte betrübt. »Man kann sie leider nicht ohne Topflappen anfassen.«

»Meine Jacke ist sowieso schon hin«, sagte Flo und wickelte Rebecca wieder ein.

Als sie Rebecca zu Jonaths dunkelblauem BMW trugen, kam gerade der Krankenwagen angerauscht. Die Sanitäter sprangen heraus und rannten auf sie zu.

»Was ist passiert?«, fragte einer von ihnen und wollte die Freunde zu seinem Wagen dirigieren.

»Kein Problem, ich kümmere mich schon darum«, schnappte Jonath und hielt dem Mann einen Ausweis unter die Nase.

Der Sanitäter studierte die Karte einen Moment. »Sollen wir das Mädchen denn nicht mitnehmen?«, fragte er dann verwirrt. »Uns hat jemand gerufen wegen einer Verbrennung und wir . . .«

»Nein danke, ich mache das selbst«, lautete die knappe Antwort, dann ließ Jonath den armen Mann stehen und schloss seinen Wagen auf. »Kinder, passt auf, dass sie das Leder der Sitze nicht ankokelt, bitte.«

9 | Wenn mich nicht alles täuscht, haben wir da eben ein paar verblüffte Gesichter hinterlassen«, vermutete Matze, der aus der Heckscheibe die Sanitäter beobachtete, bis sie hinter einer Ecke verschwunden waren.

»Das kann einem als Schattenjäger passieren«, erklärte Jonath gleichgültig. Er jagte den schweren Wagen mit irrwitziger Geschwindigkeit durch die Stadt. »Daran solltet ihr euch rechtzeitig gewöhnen, Kinder. Euer Job ist es, die Menschen vor den Wesen aus dem Schattenreich zu beschützen. Wenn ein bisschen Verwirrung der einzige Preis ist, den die Leute zahlen müssen, machen sie immer noch ein ganz gutes Geschäft.«

»Was denken denn nun die Polizisten, wer Sie sind?«

»Die Herren hatten einfach den Befehl, mich bei dieser Hausdurchsuchung zu unterstützen. Vermutlich halten sie mich für eine Art Geheimdienstler oder so.«

Lisa schob Rebeccas Füße zurecht, die auf ihrem Schoß lagen. »Wie sind Sie denn jetzt eigentlich auf diese Sache gestoßen?«

Der Schattenjäger kramte ein Zigarillo aus seinem silbernen Etui und zündete es an. Sofort erfüllte der süßliche Rauch den Wagen und die Kinder öffneten ihre Fenster einen Spalt weit.

»Also gut«, begann Jonath nach einem tiefen Zug. »Gestern Abend hat die Polizei eine Party in einer Lagerhalle auf einem stillgelegten Bahngelände ausgehoben. Ihr wisst nicht zufällig etwas darüber?«

Jule grinste ihn von der Seite her an. »Wir waren da und die Polizei ist nur aufgetaucht, weil wir sie gerufen haben.«

»Wart ihr in Schwierigkeiten oder warum dieser Anruf?«

»Flo war gerade dabei, auch so ein Tattoo verpasst zu bekommen wie Rebecca dahinten.«

»Noch mal vielen Dank«, brummte Flo. »Ich hatte echt keine Ahnung von den Nebenwirkungen.«

Jonath stutzte eine Sekunde und schüttelte dann den Kopf. »In Ordnung, ihr müsst mir das noch einmal ausführlicher berichten. Aber jetzt erst mal meine Geschichte: Die Polizei hatte die Halle und sogar das ganze Gelände abgeriegelt und wollte alle Anwesenden verhaften. Und auf einmal – so haben es zumindest einige Beamte erzählt –, auf einmal schießt ein riesiger Schwarm Raben aus einem offenen Dachfenster und verschwindet.« Der Schattenjäger nahm einen tiefen Zug aus seinem Zigarillo. »In der Halle bleiben nur ein paar offensichtlich geistesgestörte junge Leute, die etwas von Menschen erzählen, die sich in Raben verwandeln.«

»Ich fürchte, die waren nicht geistesgestört«, ließ sich Matze von hinten vernehmen. »Wir sind den Raben auch noch mal begegnet.«

Jonath nickte. »Das hatte ich mir schon gedacht, deswegen bin ich ja in die Stadt zurückgekommen.«

»Und woher wussten Sie davon?«, erkundigte sich Flo interessiert.

»Wenn irgendwo solche Berichte auftauchen, dann lässt die Firma das meistens untersuchen, nur um sicherzugehen.«

Die Freunde versanken eine Weile in Gedanken. Die Firma war eine geheimnisvolle Organisation, von der sie nur wussten, was Jonath ihnen erzählt hatte, und das war nicht viel: Lediglich, dass diese Leute Schattenjäger bei ihrem Kampf gegen die Wesen aus der Schattenwelt lenkten und unterstützten. Sie schienen über hervorragende Verbindungen und viel Geld zu verfügen. Das Haus, in dem Jonath wohnte, wenn er in der Stadt war, gehörte ihnen, und es war die reinste Festung, voll gestopft mit modernster Sicherheits- und Kommunikationstechnik.

Jonath zog noch einmal tief an seinem Zigarillo, bevor er den Stummel aus dem Fenster schnippte. »Wie dem auch sei – ich hatte schon vor längerem davon gehört, dass irgendein Wahnsinniger in der Stadt einen Pakt mit einem animistischen Dämon geschlossen hat und für Unruhe sorgt. Deshalb habe ich mich sofort darum gekümmert.«

Jule musterte ihn stirnrunzelnd. »Ein Aniwas-Dämon?«

»Ein animistischer Dämon? Damit ist ein Dämon gemeint, der eine feste Erscheinungsform in unserer Wirklichkeit hat. Meistens ist es ein Tier, manchmal auch ein anderer belebter Gegenstand, so wie eine Pflanze.«

»Lassen Sie mich raten: Hier sprechen wir von einem Raben?«, vermutete Matze.

»Bingo. Und deswegen bin ich hier.«

Flo zerrte an seiner Jacke herum, da er sich Sorgen machte, dass sie an bestimmten Stellen zu brennen anfangen könnte. Die Hitze, die Rebecca abstrahlte, war so groß, dass sie mittlerweile alle Fenster noch weiter geöffnet hatten. Trotzdem stand allen der Schweiß auf der Stirn. »Und woher wussten Sie von dem Haus am Friedrichsplatz?«, fragte er.

»Das haben wir uns aus den Erzählungen der verwirrten Gestalten zusammengereimt, die in dieser Lagerhalle verhaftet wurden.« Der Schattenjäger zündete sich ein weiteres Zigarillo an. »Und jetzt seid ihr dran mit eurer Geschichte.«

Lisa klemmte sich zwischen die Vordersitze und gab einen ausführlichen Bericht ab. Zu Flos Erleichterung verzichtete sie darauf, allzu genau davon zu erzählen, dass er der Einzige gewesen war, der nicht bemerkt hatte, dass mit Rebecca etwas nicht in Ordnung war.

». . . und dann sind Sie und diese Polizisten gekommen«, endete sie, gerade als der BMW mit Schwung in die Einfahrt zu Jonaths Haus abbog.

»Ihr habt echt Talent für solche Geschichten«, murmelte der Schattenjäger abwesend und tippte den Code für das Gartentor in die Fernbedienung ein. Während das Tor geräuschlos aufschwang, musterte er Matze mit lustig blitzenden Augen im Rückspiegel. »Was hattest du eigentlich vor? Wolltest du mich zerquetschen, während deine Freunde entkommen?«

»Mein Angriff war auf einen größeren Mann ausgelegt«, erklärte Matze würdevoll. »Seien Sie lieber froh, dass Sie kleiner sind als die Knechte von diesem Corvus.«

Ein paar Minuten später trugen sie Rebecca vorsichtig die Treppe zu Jonaths Keller hinunter. Der Schattenjäger hatte einige geheime Räume unter dem Haus mit einer Reihe von magischen Schutzmaßnahmen so hergerichtet, dass dort kein Dämon oder sonst ein Wesen des Schattenreichs eindringen konnte. Prompt fing Rebecca an zu stöhnen und zu zucken, als sie sie immer weiter nach unten brachten.

In einem dieser Räume hatte Jonath im Sommer mit den

Freunden das Ritual durchgeführt, das ihnen Zugang zu ihren vollen Kräften als Schattenjäger gewährte. Genau dort legten sie nun Rebecca vorsichtig auf den Boden, nachdem sie zuvor den Teppich weggezogen hatten. Auf dem nackten Beton mochte sie noch so heiß sein, es konnte nichts geschehen.

»So, jetzt ist sie erst einmal dem Einfluss des Dämons entzogen«, stellte Jonath zufrieden fest und wühlte in einer Arzttasche, die er mit nach unten genommen hatte. »Die magischen Schutzwälle um diesen Bereich sind zu stark, als dass er sie durchdringen könnte. Jetzt müssen wir uns nur noch um ihr Kainsmal kümmern.«

»Ihr was?«, fragte Flo, der missmutig seine völlig versengte Jacke betrachtete. Das Ding konnte man nur noch wegschmeißen.

Der Schattenjäger deutete auf Rebeccas schwarzen Arm. Wenigstens hatte das widerliche Krabbeln unter der Haut aufgehört. »So etwas nennt man ein Kainsmal. Ihr habt ja diese angebliche Tätowierung selbst gesehen. Es ist ein Zeichen der Knechtschaft und dient dazu, den Träger zu kontrollieren. Ein bisschen wie eine Fernsteuerung vielleicht. Wer einmal einwilligt ein solches Zeichen zu tragen, kann sich selbst nie mehr davon befreien.«

Rebecca stöhnte wieder und krümmte sich noch mehr zusammen. Jule lief ein Schauer über den Rücken bei dem Anblick. »Und wieso wächst es immer weiter und woher kommt diese Irrsinnshitze?«

»Dieser Corvus hat offensichtlich beschlossen sie einen grausamen Tod sterben zu lassen«, erklärte Jonath abwesend, während er eine Spritze aufzog. »Er hat seinen Dämon gebeten sie langsam zu verbrennen, und genau das ist dann auch geschehen.«

Flo konnte Rebeccas Stöhnen nicht mehr ertragen. »Dann tun Sie doch endlich was dagegen, verdammt!«, schrie er.

»Immer mit der Ruhe, sie ist hier erst mal in Sicherheit. Der Dämon kann sie in diesem Keller nicht mehr erreichen. Wenn du genau hinsiehst, wirst du bemerken, dass das Kainsmal nicht mehr wächst und auch dieses Pulsieren aufgehört hat.«

Lisa beugte sich zu Rebecca herunter und begutachtete ihren Arm aus der Nähe. »Stimmt«, stellte sie zufrieden fest. »Heißt das, dass sie jetzt wieder gesund wird?«

»Nicht von alleine«, sagte Jonath bedauernd und kniete neben Rebecca nieder. Er zog ihre Hose am Hintern ein Stück nach unten, desinfizierte eine Stelle mit einem alkoholgetränkten Wattepad und gab ihr sorgfältig die Spritze. »Dieses vermaledeite Zeichen muss noch entfernt werden, sonst geht das Ganze am Ende von vorne los, sobald sie den Keller wieder verlässt. Aber dafür haben wir jetzt keine Zeit. Ich fürchte, dass dieser Corvus gerade dabei ist, seinen letzten Auftritt hinzulegen.«

»Was meinen Sie damit?« Matze sah den Schattenjäger stirnrunzelnd an. »Müssen wir den jetzt am Ende auch noch retten?«

»Was?« Überrascht fuhr Jonath zu ihm herum. »Ach so! Nein, nicht retten – eher vernichten.«

»Können Sie uns nicht mal erklären, was Sie jetzt eigentlich vorhaben?«, bat Jule.

Der Schattenjäger verstaute die Spritze in seiner Arzttasche. »Jetzt wecke ich Rebecca erst einmal auf«, verkündete er. »Ich habe ihr ein Schmerzmittel gegeben, damit es nicht mehr so weh tut, wenn sie aufwacht.«

Damit kniete er sich wieder neben Rebecca hin, schob ihr ein Kissen unter den Kopf und gab ihr dann ein paar sanfte Klapse auf die Wangen. Die Freunde traten gespannt näher, als ihre Augenlider zu flattern begannen und sie undeutlich ein paar Worte murmelte.

»Rebecca«, sagte Jonath sanft. »Es ist alles in Ordnung. Hallo, Rebecca! Zeit zum Aufstehen.«

»Was?«, brummte sie und tastete sofort nach ihrem schwarzen Arm. »Wo bin ich?«

»In Sicherheit, bei Freunden«, sagte Jonath mit einem breiten Arztlächeln.

»Na ja«, murmelte Jule zweifelnd, allerdings so leise, dass es Rebecca bestimmt nicht hören konnte.

»Weißt du noch, was dir zugestoßen ist, Rebecca?«

Sie schloss schaudernd die Augen. »Corvus«, brachte sie hervor. »Er hat gesagt, ich habe ihn verraten ... habe Flo mit zum Konzert genommen ... er hat gesagt ... Flo ist ein Schnüffler und ich ... ich muss sterben ... heiß ... hat so weh getan ... oh Gott ... ich wollte doch gar nicht ...« Der Rest ging in ihrem krampfhaften Schluchzen unter.

Die Freunde sahen sich betreten an. Offensichtlich hatte Corvus die arme Rebecca dafür verantwortlich gemacht, dass sie seine seltsame Veranstaltung gesprengt hatten. Auch wenn sie dafür natürlich nichts konnten, fühlte sich selbst Jule ein wenig schuldig.

»Das ist jetzt sehr wichtig, Rebecca«, betonte Jonath. »Wir müssen unbedingt wissen, was Corvus vorhat. Hast du gehört, wo sie hinwollten?«

Rebecca wurde trotz des Schmerzmittels von Weinkrämpfen geschüttelt. »Nein«, würgte sie hervor. »Weiß nicht ... so weh ...«

»Hat er bestimmt nichts gesagt? Gibt es nicht einen Ort, wo er bald eine Party machen will, oder ein Konzert oder so etwas? Denk nach, bitte!«

Rebecca schüttelte benommen den Kopf, ohne die Augen zu öffnen. »Nur das Museum«, nuschelte sie dann und lächelte bei der Erinnerung, die offensichtlich schöner war als ihre jüngeren Erlebnisse. »Hat gesagt, das wär toll ... in der Sternwarte ... Konzert ...«

Jonath richtete sich auf und sah die Freunde fragend an. »Sternwarte? Sagt euch das was?«

»Sternwarte? Das wird die Kuppel vom Technischen Museum sein, oder?«, vermutete Matze und sah Flo fragend an, der knapp nickte.

»Stimmt das?«, fragte Jonath Rebecca nachdrücklich. »Meinst du die Sternwarte im Technischen Museum?«

»Hm, ja«, murmelte Rebecca. »Museum ...« Damit dämmerte sie wieder weg.

»Es würde passen«, meinte Lisa. »Die haben das Ding doch vor ein paar Jahren in so einen Projektionsraum umgebaut, weil die echte Sternwarte keinen mehr interessiert hat. Die strahlen jetzt Filme und Laser und was weiß ich noch an die Decke und spielen Musik dazu und so. Angeblich haben sie die beste Soundanlage in Europa installiert. Das kann ich mir schon vorstellen, dass Corvus da gerne ein Konzert machen würde. Außerdem hat doch die Polizei die Anlage eingesackt, die er in der Lagerhalle verwendet hat. Er braucht also einen Raum, in dem schon eine Anlage installiert ist.«

Jonath starrte sie einen Moment an und zuckte dann die Schultern. »Wir müssen es versuchen«, meinte er. »Und wir dürfen uns höllisch beeilen!«

Fünf Minuten später jagte der schwere BMW mit brüllendem Motor durch die Stadt und schleuderte mit quietschenden Reifen um die Kurven.

»Wir haben es wirklich eilig, ja?«, vergewisserte sich Flo, der es gerade bedauerte, nicht auf der Rückbank zu sitzen.

»Allerdings«, bestätigte Jonath und ignorierte eine rote Ampel. »Nur gut, dass so wenig Verkehr ist. Sonst wäre dieses Tempo echt gefährlich.«

Flo nickte mit zusammengebissenen Zähnen. »Darüber habe ich auch gerade nachgedacht«, presste er hervor.

»Was hat Corvus denn nun eigentlich vor«, fragte Lisa von hinten, »was wir so unbedingt verhindern müssen?«

»Eure von den Lippen lesende Erzieherin – wie war ihr Name? Anke? –, also, diese Anke hat es euch schon gesagt: Er will seinem Herrn ein Tor in diese Welt öffnen. Einem animistischen Dämon steht immer ein Weg in unsere Welt offen, nämlich in Form seiner speziellen Erscheinungsform, in diesem Fall eben der eines Raben. Doch um wirklich, in seiner echten Gestalt, in unsere Welt treten zu können, braucht er Hilfe und auch einen Körper, in den er fahren kann. Wenn mich nicht alles täuscht, hat Corvus vor sich genau dafür zur Verfügung zu stellen.«

»Das hört sich aber nicht nach einem tollen Deal an«, merkte Jule an. »Was hat er denn davon?«

Jonath zuckte die Schultern und wich in letzter Sekunde einem Radfahrer aus. »Hoppla! So ein Idiot! Äh, was er davon hat? Ewiges Leben zum Beispiel, ungeheure Macht – er verschmilzt mit dem Dämon. Bisher hat ihm der Dämon nur die Macht verleihen können, die ihr auch schon gespürt habt, in seiner Musik zum Beispiel. Aber das reicht ihm offenbar noch nicht und deswegen will er eins werden mit seinem Herrn.«

»Irgendwie verstehe ich das trotzdem nicht«, beharrte Jule stirnrunzelnd. »Meinen Körper mit jemand anderem teilen – für mich klingt das nur nach Ärger.«

Jonath lachte leise. »Ist es meistens auch. Außerdem wird Corvus mit den Jahren völlig von dem Dämon absorbiert werden. Aber entweder ist ihm das egal oder, was wahrscheinlicher ist: Er weiß es einfach nicht.«

»Oh«, machte Matze. »Und wozu braucht er all diese Leute, denen er diesen Rabenkopf aufgedrückt hat und die jetzt als Raben um ihn rumschwirren?«

Jonaths Miene verfinsterte sich. »Um ein Tor für einen so starken Dämon aufzureißen, werden ungeheure Energien benötigt. Und die wird er diesen armen Leuten stehlen. Mit anderen Worten: Er will sie opfern.«

Diese Erklärung ließ die Freunde in entsetztes Schweigen verfallen. Besonders für Flo, der ja noch einige Gesichter in Erinnerung hatte – dieser schmächtige Kerl namens Christian, die blonde Frau in dem roten Kleid –, war die Vorstellung einfach zu grauenvoll, dass all diese Menschen sterben sollten, nur um einem Dämon den Weg in die Welt zu ebnen.

Plötzlich war er vollkommen mit der halsbrecherischen Geschwindigkeit einverstanden, mit der sie durch die Stadt jagten.

Ein paar Minuten später hielt der BMW vor dem Eingang

des Technischen Museums und alle sprangen aus dem Wagen. Jonath ging zum Kofferraum und holte einen schmalen Aktenkoffer daraus hervor.

»Was ist das?«, fragte Jule neugierig.

»Mein Werkzeug«, war die knappe Erklärung. »Ist das da der Eingang?«

Als sie an den Griffen des schweren Bronzetores zogen, stellten sie fest, dass jemand das Schloss aufgebrochen hatte und die Türflügel sich ohne Probleme öffnen ließen.

»Da geht's zur Sternwarte!«, sagte Lisa gedämpft und führte die anderen zur Treppe. Sie war erst vor einem halben Jahr hier gewesen und hatte das Gebäude noch gut in Erinnerung. Wenigstens schien durch die gewaltigen Fenster genug Licht von draußen, dass man sich zurechtfand.

»Warum ist dieser verfluchte Corvus denn bitte ausgerechnet hierher gegangen?«, fragte Matze, als sie das Ende der Treppen erreicht hatten. »Wollte der sich noch mal in Form bringen, bevor er einen Dämon in seinen Körper lässt, oder was?«

»Ich glaube eher, der will das Konzert seines Lebens geben«, vermutete Flo leise. »Hört ihr das?«

Die anderen blieben stehen und lauschten. Aus der Richtung der Sternwarte waren leiser Gitarrensound und Schlagzeug zu hören.

»Ganz schön armselig«, meinte Jule verächtlich. »Was ist denn das für eine Show, wenn man seine Fans erst selber mitbringen muss – noch dazu in Form von Raben – und sie dann auch noch alle abmurkst?«

»Schon, aber dafür kann nachher auch keiner behaupten, dass die Show schlecht gewesen wäre«, wandte Matze ein.

Rasch marschierten sie in Richtung der Kuppel, die sich über dem Zentrum des Museumsgebäudes erhob und unter der sich die Sternwarte befand. Je näher sie kamen, desto lauter wurde die Musik.

»Was haben wir denn jetzt eigentlich genau vor?«, fragte Lisa nervös, als nur noch wenige Schritte sie von der letzten Türe trennten. Von hier aus konnten sie die Musik so deutlich hören, als ob sie schon in der Halle stünden. Die Anlage darin wurde offenbar mit voller Lautstärke betrieben.

»Gute Frage«, bemerkte Jule. »Ich meine, gehen wir da jetzt rein und stören so lange, bis er es bleiben lässt, oder ...«

»Wir müssen den richtigen Augenblick abwarten«, erklärte Jonath, in dessen Gesicht plötzlich ein Hauch von Unsicherheit stand. »Soweit ich das mitbekommen habe, müssen wir das Ritual genau in dem Moment stören, in dem der Dämon versucht in Corvus' Körper hineinzuschlüpfen.«

Flo nickte. »Okay, dann müssen Sie uns einfach ein Zeichen geben. Und was machen wir dann?«

Der Schattenjäger legte seinen Koffer auf den Boden, stellte die Kombination ein und öffnete ihn. Unter einem schwarzen Seidentuch lagen in einem Futteral vier silberne Spindeln. Sie waren etwa zwei Handbreit lang und in der Mitte, an der dicksten Stelle, vielleicht so dick wie ein Daumen.

»Das nennt man Elementarkolumnen«, erklärte Jonath, holte die Stäbe aus dem Koffer und reichte jedem der Freunde einen davon.

»Äh, wie heißt das?«, fragte Matze nach und wog das Gerät in der Hand. Es war erstaunlich schwer, bestimmt zwei

Kilo oder noch mehr. In der Mitte waren einige haarfeine, waagrechte Wellenlinien eingekerbt.

Jonath machte eine wegwerfende Bewegung. »Die Bezeichnung ist völlig egal, man kann auch einfach Eckpfeiler sagen. Wichtig ist ihre Funktion: Jeder dieser Pfeiler symbolisiert eines der Elemente: Wasser, Erde, Feuer und Luft. Ihr könnt an den Zeichen in der Mitte erkennen, welches Element es jeweils ist. Die senkrechten geraden Linien stehen für Luft, die gewellten für Feuer. Die waagrechten gewellten sind Wasser, die geraden Erde. Mit Hilfe dieser Dinger können Schattenjäger einen Schutzschirm erreichten, den praktisch nichts mehr ohne ihre Erlaubnis durchdringen kann. Ich hoffe, dass er stark genug ist, um auch diesen Dämon abzuwehren.«

»Und darunter verstecken wir uns?«, vermutete Lisa.

»Nein. Darunter verstecken wir die armen Leute, die Corvus opfern will.«

Jule nickte. »Aha. Und wann können wir sie wieder rauslassen?«

»Recht bald, wenn ich mich nicht allzu sehr getäuscht habe. Es sollte ausreichen, sie im richtigen Augenblick vor dem Zugriff durch Corvus und seinen Herren zu schützen, dann sollte alles vorbei sein. Eigentlich gar kein . . .«

In diesem Augenblick mischte sich Corvus' Stimme in die Musik. Sein Flüstern tropfte durch die schwere Türe und kroch kalt und düster in die Ohren der Freunde. Unwillkürlich fuhren alle herum und starrten die Türe an.

»Gar kein Problem«, beendet Jonath seinen Satz, sobald sie sich an das Geflüster gewöhnt hatten. Seine Stimme zitterte ein wenig.

»Na wunderbar«, bemerkte Matze zweifelnd. »Und wie geht das mit dem Schutzschirm?«

Fahrig kratzte der Schattenjäger sich an der Nase. »Nun, äh – einfach so.«

»Es geht von alleine?«, vermutete Lisa.

»Nein, das nicht. Aber das ist eine – wie soll ich sagen? –, eine Instinktsache. Ihr müsst euch einfach auf euren Pfeiler konzentrieren und versuchen eine Verbindung zu den anderen herzustellen – genauer kann ich es euch auch nicht erklären. Ihr müsst nur aufpassen, dass die jeweils entgegengesetzten Elemente sich auch wirklich gegenüberstehen – also Wasser und Feuer, Luft und Erde. Das ist eigentlich schon alles.«

»Was?«, ächzte Flo. »Und alleine mit dieser Erklärung sollen wir jetzt mit einem Dämon fertig werden? Tut mir Leid, aber ich habe nicht das Gefühl, wirklich gut vorbereitet zu sein. Und hier geht es um ein bisschen mehr als eine Klassenarbeit.«

Jonath schüttelte ungeduldig den Kopf. Er wirkte, als müsste er sich gerade sehr zusammenreißen. »Ich weiß, dass sich das verrückt anhört – aber es ist einfach so. Wenn wir mehr Zeit hätten, hätte ich das mit euch geübt, aber wir müssen leider jetzt handeln. Bitte vertraut mir einfach!«

»Was für eine Rolle spielen Sie eigentlich bei der Sache?«, erkundigte Jule sich.

»Verdammt, ich versuche den richtigen Zeitpunkt zu finden und gebe euch dann ein Zeichen!« Dem Schattenjäger standen feine Schweißperlen auf der Stirn.

Matze sah ihn stirnrunzelnd an. Jonath wirkte, als ob er mit einem Fieberanfall kämpfte. »Können Sie uns wenigstens ungefähr sagen, was wir tun sollen?«, fragte er ihn dennoch.

»Also gut, passt auf: Ihr müsst euch so hinstellen, dass ihr die Leute da drin richtig einschließt«, keuchte Jonath. Er hatte die Arme um den Oberkörper geschlungen, als wäre ihm furchtbar kalt. »Setzt euch hin und konzentriert euch einfach darauf, dass die Pfeiler nicht umfallen. Stellt sie hin und versucht sie alleine mit euren Gedanken aufrecht zu halten. Der Rest ergibt sich dann von alleine. Am besten schließt ihr die Augen und versucht euch gegenseitig zu spüren. Besser kann ich es euch im Moment nicht erklären!«

»Was ist denn mit Ihnen los, um Himmels willen?«, fragte Flo. »Sind Sie krank?«

»Es geht schon!«, brachte der Schattenjäger bibbernd heraus. »Muss mich nur gegen diese Stimme wehren. Ich bin nicht so stark wie ihr, das habe ich euch doch schon gesagt.«

Damit knickten seine Knie ein und er sackte zusammen. Aber als sich die Freunde erschrocken neben ihm hinkauerten, winkte er ab. »Macht jetzt eure Arbeit«, flüsterte er. »Ich bin in Ordnung! Viel Glück!«

Die Freunde standen wieder auf und sahen sich gegenseitig in heimlichem Entsetzen an. Sie sollten buchstäblich hunderte von Menschen vor einem furchtbaren Tod retten, und wussten noch nicht einmal genau, was sie im Einzelnen zu tun hatten.

»Okay«, sagte Flo schließlich. »Wir ziehen das jetzt durch. Wenn wir reingehen, versucht euch hinter den Leuten zu verstecken. Die werden uns vermutlich keinen Ärger machen, nachdem Corvus sich ja gerade solche Mühe gibt, ihnen das Hirn zu zerflüstern. Was habt ihr für Elemente erwischt?«

»Feuer« sagte Jule.

»Wasser«, sagte Matze.

»Luft«, sagte Lisa.

»Und ich habe Erde. In Ordnung, dann müssen sich Matze und Jule gegenüberstehen und Lisa und ich. Wir stellen uns so auf, dass wir diejenigen links und rechts von uns immer sehen können, verstanden?«

Die anderen nickten zögernd und Flo ging auf die Türe zu. Als er sie einen Spalt weit öffnete, donnerte ihnen die Musik so laut entgegen, dass ihnen allen augenblicklich die Ohren schmerzten. Die Freunde schlüpften geduckt durch die Türe und schlossen sie schnell wieder, bevor jemandem etwas auffiel.

Wie schon in der Lagerhalle war auch hier der ganze Raum in völlige Finsternis getaucht. Nur Corvus leuchtete inmitten eines gleißenden Scheinwerferspots. Sein nackter Oberkörper war völlig mit roten Schriftzeichen bedeckt, die an die blutigen Malereien erinnerten, die die Freunde in dem Haus gefunden hatten. Die Bühne bestand aus mehreren Tischen; offensichtlich hatten seine Helfer nichts Besseres mehr auftreiben können.

Doch das schien niemanden zu stören. Völlig regungslos stand Corvus da, die Hände wie zum Gebet um das Mikro geschlossen und flüsterte seinen Sprechgesang vor sich hin. Seine Opfer drängten sich gebannt vor der Bühne und lauschten ihrem Idol.

Flo deutete auf den Boden. Jemand hatte mit Blut einen großen Kreis rund um die Menge gezogen, die fast den ganzen Raum einschloss – nur nicht die Bühne. Auch diese rote Linie war mit den Schriftzeichen gesäumt.

Fragend sah Jule die anderen an, malte mit den Händen einen Kreis um sich selbst und machte dann das Zeichen des Kehledurchschneidens. Die anderen nickten. Es war klar, dass keiner innerhalb dieses Kreises den Abend überleben würde, wenn Corvus seine Pläne in die Tat umsetzte.

Ohne noch länger zu zögern, trennten sich die Freunde und gingen unauffällig auf ihre Plätze, wobei sie peinlich genau darauf achteten, nicht den Kreis auf dem Boden zu betreten. Wenigstens waren sogar die Gorillas, die normalerweise die Menge im Auge behielten, von der Show so abgelenkt, dass sie die Freunde nicht entdeckten. Da auch sie im Inneren des Kreises standen, hatte Corvus offensichtlich vor, auch sie bei dieser Zeremonie zu opfern.

Nach kurzer Zeit hatten die Freunde ihre Plätze erreicht. Flo und Matze standen links und rechts von der Bühne, während Jule und Lisa weiter hinten zurückblieben. Dann setzten sie sich einfach hin und hofften, dass sie niemandem auffallen würden.

Die Wahrscheinlichkeit dafür war sogar ziemlich gering. Die Wände in dem riesigen Kuppelraum waren mit einem schwarzen Stoff bespannt, der jedes Licht schluckte. Das diente normalerweise dazu, bei Lasershows unerwünschte Reflektionen zu vermeiden. In diesem Moment allerdings führte es vor allem dazu, dass die Freunde in totale Finsternis gehüllt wurden.

Nervös drehte Jule die silberne Spindel in den Händen und wusste nicht mehr weiter. Versuchsweise stellte sie das Ding auf die Spitze und ließ los. Mit einem leisen Klingeln fiel es um und blieb zitternd liegen. Unruhig sah Jule zu Lisa hinüber, doch in der Dunkelheit konnte sie ihre Freundin nur erahnen. Insgeheim verfluchte sie Jonath dafür, dass er sie nicht auf so etwas vorbereitet hatte. Wenn das wirklich so einfach war, wie er behauptet hatte, dann hätten sie es doch auch schon früher lernen können!

Mit einem wütenden Schnauben riss Jule sich zusammen. Sie stellte die Spindel auf eine Spitze, hielt ihren rechten Zeigefinger auf die andere Spitze gedrückt, sodass es senkrecht stand, und starrte das Symbol in der Mitte an.

Nach ein paar Sekunden schienen die Wellenlinien plötzlich zu wachsen, während die Musik leiser wurde. Erschrocken riss sich Jule von dem Anblick los. Sofort war die Musik wieder so laut wie zuvor. Schwer atmend, sah sie sich um und zwang sich zum Nachdenken.

Es dämmerte ihr, dass sie vielleicht gerade den ersten Schritt getan hatte zur Errichtung dieses Schutzschirmes. Anscheinend waren diese silbernen Stäbe gar nicht so schwer zu handhaben, wie es sich angehört hatte.

Erneut stellte sie das Ding hin, hielt es mit einem Finger fest und konzentrierte sich völlig auf das Symbol. Fast sofort wuchs es vor ihren Augen, wurde größer und größer, bis es fast ihr ganzes Sichtfeld einnahm, während die Musik immer gedämpfter wurde, bis sie nur noch ein kaum wahrnehmbares Summen war.

Entspannt schloss sie die Augen und nahm den Finger von der Spindel. Obwohl ihre Augen geschlossen waren, wusste sie ganz sicher, dass der Pfeiler senkrecht stehen blieb. Eine wohlige Wärme ging von dem Silber aus und hüllte sie ein. Sie fühlte sich wunderbar geschützt, obwohl sie genau spürte, wie die Macht von Corvus' Stimme gegen ihren Schutz aus Feuer anstürmte.

Dann erinnerte sie sich an ihren Auftrag und tastete mit geistigen Fingern nach Lisa und Matze. Fast sofort fand sie ihre Freunde. Lisa fühlte sich an wie ein erfrischender Luftzug, während von Flo eine ruhige, schwere Kraft ausging. Obwohl Matze am weitesten von ihr entfernt war, konnte sie seine kalte, stürmische Stärke spüren, vor der sie zuerst ängstlich zurückschauderte.

Fast von selbst festigte sich das Band zwischen ihr und ihren Freunden und plötzlich spürte sie auch die Menschen in der Menge, die sie mit diesem Band umgaben. Sie alle waren gefangen von düsteren Kräften, die wie Giftschwaden durch den Raum waberten.

Langsam öffnete Matze seine Augen. Die Spindel stand völlig ruhig vor ihm und drehte sich langsam um ihre eigene Achse. In der Dunkelheit konnte er seine Freunde spüren, warm und vertraut. Wie in einem Traum sah er zur Bühne empor.

Corvus hatte die Arme ausgebreitet, als wollte er die Menge zu seinen Füßen umarmen. Vollkommen starr stand er da, nur seine Lippen bewegten sich. Die Musik war mittlerweile verstummt. Trotzdem hätte man eine Stecknadel fallen hören können, so ruhig waren die Menschen. Einen Moment lang hatte Matze das Gefühl, als könnte er die vielen Herzen schlagen hören.

Dann glühten plötzlich die Symbole auf, die rund um die Menge auf den Boden gezeichnet waren. Auch die Zeichen auf Corvus' Oberkörper begannen feuerrot zu glühen und er fiel mit einem lang gezogenen Schrei auf die Knie. Seine

Hände ballten sich zu Fäusten, als sich über ihm eine schwarze Masse zusammenballte – wie eine Wolke geronnener Finsternis.

»Vereine dich mit mir, Herr!«, knirschte Corvus mit verzerrtem Gesicht. Seine Augen waren zusammengekniffen und von seiner bleichen Haut stiegen weiße Dampfwolken auf. »Nimm dieses Opfer und komm zu mir!«

Die Menschen in dem glühenden Kreis, die bisher alles mit leerem Blick und ohne einen Mucks ertragen hatten, schrien plötzlich wie mit einer Stimme gequält auf und stürzten zu Boden. Überall umklammerten verzweifelte Hände Oberarme, auf denen Rabentätowierungen in hellen Flammen standen.

Jetzt!, hörte Matze plötzlich Lisa schreien, ohne dass er tatsächlich ihre Stimme gehört hätte. Sein Geist schloss ein festes Band mit den anderen und auf einmal bildete sich eine Kuppel aus reinem Licht über der Menge. Mit aller Gewalt stemmte sich Matze gegen die düstere Kraft, die wütend gegen die Kuppel prallte.

Aus den Augenwinkeln sah er, wie die Schriftzeichen am Boden erloschen und in wenigen Sekunden zu Rauch verpufften. Corvus starrte mit weit aufgerissenen Augen auf die Lichtkuppel vor ihm.

Was . . .?, formten seine Lippen und dann sah er die Freunde. Flo erwiderte seinen Blick ohne Anstrengung. »Du?«, keuchte Corvus, dann verzerrte sich sein Gesicht vor Schmerzen und er schlang mit einem grauenvollen Schrei die Arme um seinen Oberkörper, als die Zeichen sich plötzlich in seine Haut zu brennen schienen.

Die schwarze Wolke über ihm senkte sich plötzlich auf

ihn herab und hüllte ihn in undurchdringliche Finsternis. Ein paar Herzschläge lang waren seine Umrisse noch zu sehen, dann war er fort.

Blinzelnd sah Lisa sich um. Die düstere Kraft, die sie die ganze Zeit gespürt hatte, war plötzlich verschwunden, genau wie die blutigen Zeichen auf dem Boden. Auch von Corvus war nicht mehr das Geringste zu sehen.

Langsam zog Lisa sich aus dem Band zurück, das sie mit ihren Freunden vereint hatte. Die Lichtkuppel flackerte noch einmal und löste sich dann völlig lautlos auf, so lautlos, dass es Lisa irgendwie überraschte.

Dafür erschrak sie entsetzlich, als die silberne Spindel klirrend umfiel und sich schaukelnd auf dem Boden weiterdrehte. Benommen starrte sie auf den Eckpfeiler, bis eine Hand sich darum schloss und das Werkzeug aufhob. Verwirrt sah Lisa zu Jonath hoch, der ihr die Hand hinstreckte, um ihr aufzuhelfen.

»Gut gemacht«, lobte der Schattenjäger. »Das war großartige Arbeit. Ihr seid wirklich sehr stark. Die Leute hier verdanken euch ihr Leben.« Lisa beobachtete, wie sich die Menschen verwirrt umsahen und murmelnd ihre Arme untersuchten. Es überraschte Lisa nicht, dass keine einzige Tätowierung mehr zu sehen war. Mit einem fröhlichen Grinsen im Gesicht sagte Jonath zu ihr: »Und jetzt sollten wir gehen, bevor die Leute hier am Ende eine Erklärung von uns haben wollen. Na komm!«

»Mal wieder eine von den Situationen, in denen man eine Menge Leute in totaler Verwirrung zurücklässt«, bemerkte Jonath, als sie in den BMW stiegen. »Aber wie wollen wir den Menschen erklären, was mit ihnen passiert ist? Vermutlich können sich die meisten in ein paar Tagen gar nicht mehr an diesen Corvus oder ihre Tätowierungen erinnern. Also wozu der Aufwand?«

»Was ist mit Rebecca?«, fragte Flo leise. Sie alle waren furchtbar erschöpft und genossen es sehr, jetzt in dem warmen Wagen zu sitzen und sich zurückzulehnen.

»Ich wette, es geht ihr gut. Im Augenblick schläft sie ja sowieso erst einmal und nun, da Corvus verschwunden ist, gibt es nichts mehr, was ihr noch schaden könnte. Vermutlich sind diese Tätowierung und ihre grauenvollen Auswüchse bereits weg.«

Jule gähnte herzhaft. »Was ist denn nun eigentlich mit Corvus geschehen?«

»Ihm ist das passiert, was er eigentlich für seine Opfer geplant hatte«, sagte Jonath ohne jede Regung in der Stimme. »Das nennt man wohl Gerechtigkeit.«

»Hm«, machte Matze, lehnte sich zurück und schloss die Augen. »Oder echt verdammtes Pech. Wer anderen eine Grube gräbt . . .«

Ein paar Tage später saßen die Freunde im Zimmer der Jungs zusammen, aßen Schokolade und hörten sich Flos neueste CD an. Draußen hatte es zum ersten Mal in diesem Jahr zu schneien begonnen und eine feine weiße Schicht lag bereits auf dem Rasen. Ein paar Krähen hoppelten vor dem Fenster umher und suchten den Boden krächzend nach Essen ab.

»Was ist jetzt eigentlich mit Rebecca?«, fragte Lisa bei dem Anblick. »Von der Sache mit dem Tattoo war ja wirklich nichts mehr zu sehen, oder?«

Flo sah von der CD-Hülle auf. Nachdenklich schüttelte er den Kopf. »Nein, das war wirklich völlig weg. Aber sie kann sich anscheinend noch sehr gut an die Ereignisse erinnern, und das war wohl zu viel. Außerdem ist ihr das alles irgendwie peinlich.«

»Wo ist sie jetzt?«

»Ich weiß es nicht. Sie hat gesagt, sie will erst mal ein bisschen rumwandern. Keine Ahnung.«

Jule schüttelte sich. »Bei dem Wetter abhauen? Ich hab's doch von Anfang an gesagt, dass die spinnt.«

»Damals hattest du sogar Recht«, gab Flo zu, »aber das jetzt kann ich schon verstehen. Mal ehrlich, nach so einem Alptraum muss man doch fast weglaufen.«

»Wir laufen nicht weg.«

»Wir sind auch zu viert. Alleine möchte ich so etwas wie diesen doofen Corvus nicht durchstehen müssen.«

»Da hast du Recht«, meinte Matze und angelte über Jule hinweg nach der Fantaflasche. »Ganz alleine wäre so 'ne Geschichte schon ätzend.«

Jule schnaubte verächtlich. »Aber da wir ja uns haben, freuen wir uns so richtig über jeden Mistkerl aus der Schattenwelt, der uns zu killen versucht, richtig?«

»Bis jetzt haben wir uns gut geschlagen, finde ich. Und außerdem ist es ja unser Job, oder nicht?«

Flo verzog das Gesicht. »Da hat er gar nicht mal Unrecht, fürchte ich. Wir sind Schattenjäger, ob wir wollen oder nicht. Und das wird uns vermutlich auch immer wieder einholen.«

Lisa runzelte die Stirn. »Ich hätte eigentlich auch nichts dagegen, wenn wir in der nächsten Zeit auf diese Schattenjägersache verzichten müssten. Aber du hast wahrscheinlich Recht: Aussuchen können wir's uns sowieso nicht«, fügte sie mit einem Schulterzucken hinzu.

Grusel & Co
DER CLUB

Andreas D. Hesse

DAS GRAB DES RITTERS

Nach einem Streit mit seiner Mutter haut Ingo einfach ab. Ziellos läuft er durch die Straßen. Als er plötzlich auf eine alte Villa stößt, zwingt ihn eine mächtige Kraft das fremde Haus zu betreten. Aber es ist nicht so verlassen, wie es wirkt. Ingo macht die Bekanntschaft des äußerst merkwürdigen Besitzers: Habib al'Hraazhar ist fest davon überzeugt, dass sein junger Gast über magische Kräfte verfügt. Er drängt ihn sein Lehrling zu werden.
Soll Ingo sich auf das unheimliche Angebot des Magiers einlassen? Schon bald zeigt sich, dass der Meister auf Ingos Hilfe im Kampf gegen den übermächtigen Höllenfürsten angewiesen ist. Es entbrennt ein atemberaubendes Ringen um den geheimnisvollen Stein, der das Tor zur Unterwelt in sich birgt und seinem Besitzer damit die absolute Gewalt über das Böse verleiht.
Es liegt in der Hand des Lesers, ob Ingo und sein Meister ihren übermenschlichen Gegner besiegen, denn am Ende jeden Kapitels kann sich der Leser neu entscheiden, wie die spannende Geschichte weitergehen soll.

200 Seiten. Klappenbroschur Ab 12

Arena

Grusel & Co
DER CLUB

Tais Teng

DER FLUCH DES WALDES

Damon ist verwirrt und ratlos: Wovor sind seine Eltern Con und Dana auf der Flucht? Seit Jahren zieht die Familie immer wieder überstürzt von einer Stadt zur nächsten. Und was wollen Con und Dana mit ihren seltsamen Verboten erreichen? Damon und seine Schwester dürfen nicht im Mondlicht ins Freie, nicht mit nackten Füßen über blanke Erde laufen... Damon will endlich die Wahrheit erfahren. In einer Vollmondnacht schleicht er barfuß in den Garten. Pure Einbildung, sagt er sich, als seine Zehen zu jucken beginnen. Doch aus dem Jucken wird Schmerz, der Schmerz wird unerträglich – und Damons Füße scheinen mit der Erde zu verwachsen. Ein Alptraum beginnt...

216 Seiten. Klappenbroschur Ab 11

Arena